丛书主编

徐正英　孙少华

海外中国古典文学研究书系

南朝边塞诗新论

王文进 著

河南人民出版社

图书在版编目（CIP）数据

南朝边塞诗新论／王文进著 . — 郑州 ：河南人民
出版社，2018.2
（海外中国古典文学研究书系／徐正英，孙少华主编）
ISBN 978 - 7 - 215 - 11349 - 7

Ⅰ . ①南… Ⅱ . ①王… Ⅲ . ①边塞诗 - 诗歌欣赏 -
中国 - 南朝时代 Ⅳ . ①I207.22

中国版本图书馆 CIP 数据核字（2018）第 018508 号

河南人民出版社出版发行
（地址 ：郑州市经五路 66 号　邮政编码 ：450002　电话 ：65788065）
新华书店经销　　河南瑞之光印刷股份有限公司印刷
开本 710 毫米 × 1000 毫米　　　1/16　　　印张 12
字数 200 千字
2018 年 2 月第 1 版　　　　2018 年 2 月第 1 次印刷

定价 ：84.00 元

目　　录

黄　序

北方文学质朴刚健，南方文学绮丽柔美，这种南北文学异同观，早已成为刻板印象。"江左宫商发越，贵于清绮；河朔辞意贞刚，重乎气质"，这是初唐史家（魏征、李延寿等）论南北文风的著名评断，它们不断地被文学史家引用。根据这种南北文学异同论更进一步延伸出南北文学融合论。很多文学史家在解释由南入北文士（王褒、庾信）的刚健作品时，即认为是入北后受到北方风气影响的结果。

由于南北文学异同已经成为一种"思维定势"，后人在论唐人边塞诗时，很容易得出延续北方文学传统，或受到北方文学影响的结论。但是王文进先生这本《南朝边塞诗新论》却对这样不容置疑的信念投下一颗不小的炸弹；他所举出的一百多首南朝边塞诗显然已严重动摇长期以来的"定论"。这一百多首诗雄辩地证明：身在烟雨江南的南朝诗人不仅能写出绮丽柔美的山水、咏物、宫体诗，亦能写出雄豪刚健的边塞诗。长期以来，唐代边塞诗受到北朝文风影响的观点显然已受到严重挑战，实际上唐代边塞诗所继承的正是南朝的文学传统。几年前大陆与香港学者曾呼吁"重写文学史"，不意在文进兄这本著作中获得最具体有力的展现。

南朝诗人留下一百多首边塞诗,这是一个不容置疑的事实,但这个事实却显得有几分诡异:长城瀚海的大漠风云为何会飞临烟雨江南的上空? 文进兄对这个可能引发质疑的问题显然是有所准备的。本书提供许多资料证明边塞这片风云实际上是随着贵游文学集团的唱和传统由北方来到江南。曹魏侯王与文士唱和之风,到南朝更为盛行,而依据当时的习惯,贵游文士的唱和时常模仿"乐府古题",而"乐府古题"中原本就有许多关于边塞的主题(如鼓吹曲辞、横吹曲体、相和歌辞、琴曲歌辞、杂曲歌辞等),正是借着"乐府古题"这座桥梁,边塞风光得以进入烟雨江南的南朝。

在证明南朝已有边塞诗并考察其来源之后,显然已经达到颠覆传统文学史观的目的。于是作者针对南朝边塞诗特有的时空思维进行深入的分析。在南朝边塞诗中常见汉代的边防名将及地名,可以说是空间的错置。而诗中所常表现的京洛意象及对北都的依恋,可以说是时间的错置。依照现代神话及原型理论的观点,这些反复出现的汉代名将、地名及京洛意象,正是积淀在诗人潜意识中的"原型意象"。而对北都的依恋,依照荣格(C·C·Juug)的理论,则可说是一种"神州情意结(Complex)"。

除了时空错置的特殊思维之外,本书进一步分析南朝边塞诗特殊的美学风格。本书从"类型"的观点出发,指出边塞题材常常会与闺怨、游侠、咏马等题材结合。这是边塞诗的另一种美学特色,即将边塞母题与闺怨、游侠、咏马等母题结合成一种复调结构,形成多层次的、更富于意味的美学风格。

有了前面的深厚基础,再来讨论南朝边塞诗对唐宋诗词的影响就显得游刃有余、水到渠成。显然,南朝边塞诗中所常出现的各种原型意象及母题结合情形也时常出现在唐宋诗词之中。

依照一般学术论文的书写习惯,上述种种讨论已经具备论文的"完整结构"，且实际上有破有立，"新论"的任务也可说大功告成。但本书却在最后添加一章关于边塞诗与山水诗的比较，可说是富于韵味的一段"尾声"。边塞诗表现的是属于历史过去的永恒不变的母题，而山水诗表现的是属于现实当下的变动不居的新感性、新体验；"常"与"变"正好构成南朝诗人的两种心理向度。这一章将边塞诗放在整个六朝诗的视野中加以观察，意义极为深远。

阅读枯燥的学术性论文免不了如魏文侯听古乐之昏昏欲睡，但本书文字铿锵顿挫，读之如观公孙大娘舞剑器，令人振奋、陶醉。文进兄原执教于台北之淡江大学，本已熟习西部台湾之细腻思维，数年前忽发奇想移驾东华大学，徜徉于花东纵谷的深邃与太平洋的浩瀚之间，并日夕与名诗人及散文大家杨牧相处，无形中摄取了东部台湾之浑厚气质，无怪乎能更上一层楼写出"历史想像与山水关怀"。"江左宫商发越，贵于清绮；河朔辞意贞刚，重乎气质"，初唐史家所启发的南北文风融合论，若稍作历史想象的时空转移，似仍可适用于文进兄身上，故特为之记。

黄景进序于政大化南新厦寓所

第一章 导　　论

一般学者论起边塞诗的问题,大都着重在唐代的边塞诗,对于边塞诗的定义,也大都是将唐人作品加以归纳整理,从中整理出有边塞属性的作品,进而讨论。

大部分的学者在遍览唐代边塞诗作品后,都会认定边塞诗的内容应该包括:(一)写边塞战争,或与边战有关的行军生活,送别酬答等。(二)写边塞风光,自然景物。(三)写边地风土人情与民族交往①。

这样的定义大致上没有什么错误,但是对于何谓"边塞"的定义,则以谭优学《边塞诗泛论》的界定最为明确,他认为:"文学史上所说的边塞诗,以地域而言,主要指沿长城一线及河西陇右的边塞之地。"②

这样的说法相当有建设性,最起码,如此一来,普通的战争诗或唐代南方边界的战争诗都应该排除在外③。边塞诗在空间上的范围,立刻被鲜明地界定在以长城为主要脉络的作品。但是,只界定空间性质仍然是不够的,因为唐人许多杰出的作品事实上还有一项重要的时间背景,那就是定格在对汉代盛世的模拟。像王昌龄的"秦时明月汉时关,万里长征人未还。但使龙城飞将在,不教胡马度阴山"④就设定在汉朝的时间,"龙城飞将"李广也是汉代的人物。高适《燕歌行》一落笔就是"汉家烟尘在东北,汉将辞家破残贼"⑤,明明是李唐的战争,可是高适写来恍若置身刘家大汉之国。唐人这种用语习惯,其实也引起许多学者的重视。当代诗学大家程千帆在其《论唐人边塞诗中地名的方位、距离及其类似问题》里,就对高适这种时空错置的问题提出解释,并且更提出王昌龄《从军行》"青海长云暗雪山,孤城遥望玉门关。黄沙百战穿金甲,不破楼兰终不还"完全用的是汉代的空间观,尤其是楼兰一国在汉代早已消失⑥,根本不可能是唐代的战争。

程氏虽然已经注意到唐人边塞大量使用汉代典故的现象,但是这种现象其实是成立于南朝,换句话说是南朝一百多首边塞诗大量地运用汉代边塞战争的典故,确立了边塞诗的基本色调⑦。如果没有南朝诗人的努力,唐人边塞诗的基本格局根本无法确立,因此若要真正了解边塞诗的性质,必须要以南朝边塞诗为起点。

但是,边塞诗形成于南朝的说法,对于大多数的学者而言,几乎是一项难以接受的事实,最大的关键在于:南朝既然立都于江南的建康城,距离北方的长城,遥隔千里,怎能写出逼真的边塞诗⑧。这也是这项问题耐人寻味的地方:雄踞长安洛阳的北朝,并没有开拓出近在咫尺的大漠风云,反而是让笼罩在杏花烟雨的南朝诗人吊诡地完成这项文学史的奇迹任务。

究竟,南朝诗人是在怎样曲折的心境之中,缔造了这项文学史的奇迹,当然也是本论文的重点之一。

在进行本文论点的推展之前,首先要处理的是"边塞诗"中"边塞"观念的来源:

秦朝统一天下之后,为了防范胡人入寇,于是将战国以来燕、赵、齐、楚、魏、中山诸国所筑的长城连接,成为诸国的国界⑨。到了汉武帝时,经过了前代文、景两帝的二十多年的休养生息，拟对匈奴的政策由原先的防御措施改成主动出击。于是在上述"万里长城"的基础上，拓展延伸至敦煌西南百五十六里的阳关，即唐人所谓"西出阳关无故人"之所指。这条自秦汉以来的长城，在汉人习惯里，就是所谓"边"与"塞"，或合称"边塞"[⑩]。

现在，问题的关键是：首先在文学作品中大量使用这些边塞题材的，并不是躬逢其盛的汉朝诗人，也不是以"边塞诗"在文学史上名传千古的唐代诗人，而是在实际空间上距离长城最远的南朝诗人。这种思维的跳跃与落差，应该是历来学者之所以会忽略边塞诗大量出现于南朝的根本原因。

其实，南朝诗人对于"边塞"观念的吸纳，并非毫无章法。而是先将当时南北交会的长江、淮河暂时转换替代为长城的边塞。《南齐书》里记载萧道成于宋明帝时戍守淮上，作《塞客吟》一事，可以说明南朝人士对"边塞"一辞的用法：

　　上（萧道成）镇淮阴……是时张永、沈攸之败后，新失淮北，始遣上北戍，不满千人，每岁秋冬间，边淮骚动，恒恐虏至。上广遣侦候，安集荒余，又营缮城府。上在兵中久，见疑于时，乃作《塞客吟》以喻志曰："宝纬紊宗，神经越序。德晦河、晋，力宣江、楚。云雷兆壮，天山縣武。直发指秦关，凝精越汉渚。秋风起，塞草衰，雕鸿思，边马悲。平原千里顾，但见转蓬飞。星严海净，月澈河明。清辉映幕，素液凝庭。金笳夜厉，羽軷晨征。幹晴潭而怅泗，枻松洲而悼情。兰涵风而泻艳，菊笼泉而散英。曲绕首燕之叹，吹轸绝越之声。歔园琴之孤弄，想庭藿之余馨。青关望断，白日西斜，恬源靓雾，垄首晖霞。戒旋鹢，跃还波，情绵绵而方远，思衰衰而遂多。粤击秦中之筑，因为塞上之歌。歌曰：朝发兮江泉，日夕兮陵山。惊飙兮澌泪,淮流兮潺湲。胡埃兮云聚,楚旆兮星悬。愁墉兮思宇,恻怆溪何言。定寰中之逸鉴,审雕陵之迷泉。悟樊笼之或累,怅退心以栖玄。"⑪

虽然萧道成这首《塞客吟》尚不能称为成熟的边塞之作,但是若和南北朝争战局势比对来看,则有着重要的意义:"边淮"虽然军事位置上系地处南方,但因将士战久成疲,在与北朝漫长的对峙之下,在无形之中,被转化成边塞要地。所以诗中会有"秋风起,塞草衰,雕鸿思,边马悲。平原千里顾,但见转蓬飞"等塞外漠北景物,其实在本质上是南朝诗人对长城意象的思维转移。

这种奇特的边塞用法,在南朝史料中处处可见,《南齐书·王融传》:

永明末,世祖欲北伐,使毛惠秀画"汉武北伐图"⑫。

东晋自元帝建武元年(西元三一七)至齐永明之际,已有一百八十年左右,齐武帝欲北伐北魏,却慨然以汉武事业自居,当然鲜卑北魏则化身为匈奴,相对于南北两军争战之地,当然无形中就成了长城边塞,无怪乎王融上书曰:

臣乞以执殳先迈,式道中原,澄瀚渚之恒流,扫狼山之积雾,系单于之颈,屈左贤之膝……⑬

显然就是把南北朝对峙的战争比附成汉朝讨伐匈奴的战役,如此一来,我们就可以清晰地知道,南朝边塞诗中的人名与地名为何均属于汉帝国的符号世界。除此之外,《南齐书·孔稚珪传》也出现同样的思维方式,据本传所载"稚

珪以虏连岁南侵,征役不息,百姓死伤",所以上表建议朝廷对于北魏采用诱和之策:

> 匈奴为患,自古而然,虽三代智勇,两汉权奇,筹略之要,二涂而已。一则铁马风驰,奋威沙漠;二则轻车出使,通译虏庭。榷而言之,优劣可观。……近至元嘉,多年无事,末路不量,复挑强敌。遂迤连城覆徒,虏马饮江,青、徐之际,草木为人耳。建元之初,胡尘犯塞,永明之始,复结通和,十余年间,边候且息。陛下张天造历,驾日登皇,声雷寰宙,势压河岳。而封豕残魂,未屠剑首,长蛇余喘,偷窥外甸,烽亭不静,五载于斯。昔岁蚁坏,瘘食樊、汉,今兹虫毒,浸淫未已。兴师十万,日费千金,五岁之费,宁可胥计。陛下何惜匹马之驿,百金之赂,数行之诏,诱此凶顽,使河塞息肩,关境全命,蓄甲养民,以观彼敝。……陛下用臣之启,行臣之计,何忧玉门之下,而无款塞之胡哉![14]

孔稚珪此策文也显现出如下意义:既然一开始就引匈奴为例,可见孔稚珪也是拿南齐比附汉朝,当然会有"胡尘犯塞""河塞息肩""玉门"这些和汉代边塞同一系谱的名词。

综合以上所述,可以得知:原本非常具体的屹立在北方的长城边塞,经由南朝文人特殊的思维方式,早已悄悄地将其南移到长江、淮河的南北战线。有了以上的体认,南朝诗人大量运用汉代边塞战争的空间地名与人物象征,应该就不是一种突兀或难以理解的现象。

边塞诗形成于南朝的说法一旦成立,对于南朝诗的研究,其实不仅是量的增加,更是质的变化。因为传统文学史的说法,南朝诗风应该是属于绮丽柔美一格,至于刚健有力的边塞诗的所有权理应归属北朝,但是本文所举证的文学史料却证明不论是绮丽柔美或刚健有力的诗风,完全是发源自南朝,因此我们对南朝诗人在文学史上的地位,将重新调整。

为了研究的方便,此处拟先将本文所收录的边塞诗列表于下,以明纲旨[⑮]:

朝代	诗人	边塞诗作篇名
宋	王微	杂诗二首
	颜延之	从军行
	吴迈远	櫂歌行,胡笳曲,长相思
	鲍照	代出自蓟北门行,代陈思王白马篇,王昭君,拟行路难之十四,拟古八首之三,拟古八首之七,建除诗
	袁淑	白马篇
齐	孔稚珪	白马篇
	谢朓	从戎曲
	谢宝月	行路难
梁	萧衍	古意二首之一
	范云	效古诗
	江淹	古意报袁功曹诗,从萧骠骑新亭,征怨诗
	虞羲	咏霍将军北伐诗
	沈约	从军行,饮马长城窟行,白马篇,昭君辞
	刘峻	出塞
	王僧孺	白马篇,春怨诗
	刘邈	秋闺诗
	徐悱	白马篇,古意酬到长史溉登琅邪城诗
	柳恽	赠吴均诗三首之三
	王训	度关山
	吴均	采莲曲,战城南两首,入关,从军行,渡易水,边城将诗四首,和萧洗马子显古意诗六首之四,六首之六,闺怨诗,古意诗二首之一

续表

朝代	诗人	边塞诗作篇名
	萧子显	从军行
	刘孝绰	奉和湘东王应令诗二首之一·冬晓
	刘孝威	陇头水,骢马驱,思归引,妾薄命篇,结客少年场行,侍宴赋得龙沙宵月明诗,奉和湘东王应令诗二首之一·春宵,之二·冬晓
	褚翔	附门太守行
	武陵王纪	闺妾寄征人
	吴孜	闺怨诗
	刘孝仪	从军行
	萧纲	上之回,从军行二首,陇西行三首,雁门太守行三首,明君辞,秋闺夜思诗
	庾肩吾	陇西行,登城北望诗,奉和湘东王应令诗二首、春宵、冬晓
	萧绎	陇头水,关山月,骢马驱,燕歌行,和王僧辩从军诗,将军明诗,赋得陇坻附初飞,倡妇怨情诗十二韵,寒闺诗
	江洪	胡笳曲
	戴嵩	从军行,度关山
	王褒	关山篇,从军行三首,饮马长城窟行,出塞,入塞,关山月,燕歌行,奉和赵王五韵诗,渡河北诗
	庾信	昭君辞应诏,出自蓟北门行,燕歌行,奉报寄洛州诗谨赠司寇淮南公诗,奉报赵王出师在道赐诗,和赵王送峡中军诗,同卢记室从军诗,拟咏怀诗二十七首(之七,之九,之十,之二十,之二十六),将命使北始渡瓜步江诗,冬狩行四韵联句应诏诗,咏画屏风诗二十五首(之十一,之十九)
陈	陈后主	陇头,陇头水二首,关山月二首,饮马长城窟行,长相思二首之一,雨宫曲
	顾野王	有所思
	陈蔡君	君马黄
	张正见	有所思,度关山,从军行,战城南,君马黄二首,陇头水二首,关山月,君马黄,紫骝马,雨雪曲,饮马长城窟行,明君词,游龙首城诗,星名从军诗

续表

朝代	诗人	边塞诗作篇名
	徐陵	骢马驱,出自蓟北门行,陇头水二首,关山月二首,长相思二首之二
	陆琼	关山月
	陈昭	明君词
	独孤嗣宗	紫骝马
	陈喧	紫骝马,雨雪曲
	祖孙登	紫骝马,赋得紫骝马诗
	谢燮	陇头水,雨雪曲
	阮卓	关山月
	江总	陇头水二首,关山月,紫骝马,骢马驱,雨雪曲,闺怨篇
	萧淳	长相思
	贺力牧	关山月

---

① 请参萧澄宇《唐代边塞诗评价的几个问题》,收录自《唐代边塞诗论文选粹》,甘肃教育出版社,页十九至三五。

② 引书同前注,页二。

③ 洪赞在《唐代战争诗研究》一书中就注意到战争诗与边塞诗的不同。详参此书,文史哲出版社,一九八七年版。

④ 《出塞二首之一》,录自《全唐诗》(台北:明伦书局),页一四四四。

⑤ 见郭茂倩《乐府诗集》卷三十二《相和歌辞七》(台北:里仁书局,一九八一年),页四七三。

⑥ 他认为"按照唐人从沿海进军的道路,是不可能也不必要飞羽书于瀚海的。至于狼山,也就是狼居胥山,则更是远在今内蒙古自治区西部乌兰察布盟境内,与奚、契丹全然无涉",并认为"部队没有从青海出发,越过雪山,再出玉门关的必要",参见氏著《古诗考

索》(上海古籍出版社),一九八四年,页六三至六四。

⑦　何寄澎《总是玉关情——唐代边塞诗初探》早已注意到部分魏晋南北朝边塞诗作与唐代边塞诗间的关系(联经出版公司,一九七八年)。

⑧　胡大浚在《边塞诗之涵义与唐代边塞诗的繁荣》就断言:"从'史'的角度说,边塞诗产生于隋季唐初,极盛于开、天年间,流响于唐之中晚叶……"本文收录于《唐代边塞诗研究论文选粹》(甘肃教育出版社,一九九八年),页三六~五二。

⑨　《史记·蒙恬列传》云:"秦已并天下,乃使蒙恬将三十万众北逐戎狄,收河南。筑长城,因地形,用制险塞,起临洮,至辽东,延袤万余里。"《史记·匈奴列传》亦云:"始皇帝使蒙恬降将十万之众北击胡,悉收河南地,因河为塞,筑四十四县城临河,徙适戍者以充之。而通直道,自九原至云阳,因边山险堑溪谷,可缮者治之,起临洮,至辽东万余里。"(台北:鼎文书局,一九八〇年)。

⑩　(一)称"边"者。"边,行垂崖也",有国境之义,《国语·吴语》云:"顿颡于边",注云:"边,国境也",汉人系以长城为国境。《史记·匈奴列传》:"其后汉方南诛两越,不击匈奴,匈奴亦不侵入边。"又云:"是时天子巡边,至朔方,勒兵十八万骑以见武节,而使郭吉风告单于。"朔方即元朔二年"汉取河南地,筑朔方,复缮故秦时蒙恬所为塞"的长城要地。故汉人以"边"作"长城"之例极普遍。(二)称"塞"者。《史记·匈奴列传》:"单于既约和亲,于是制诏御史曰:'匈奴大单于遗联书,言和亲已定,亡人不足以益众广地,匈奴无入塞,汉无出塞,犯约者杀之。'"《史记·卫将军骠骑列传》:"两军之出塞,塞阅官及私马凡十四万匹,而复入塞者不满三万匹。"因此汉人以"塞"指称长城的用法几成惯例,长城与塞在汉时常相互替用,塞即长城界也。(三)称"边塞"者。《汉书·李广传》里述及李陵事云:"陵败处去塞百余里,边塞以闻",是"边塞"连用之例。《汉书·匈奴列传》言及王嫱赐单于事:"单于欢喜,上书愿保塞上谷以西至敦煌,传之无穷,请罢编备塞吏卒,以休天子人民。天子令下有司议,议者皆以为便。即中侯应习边事,以为不可。……曰:'……臣闻北边塞至辽东,外有阴山……。'对奏,天子有诏曰:'勿议罢边塞事。'"凡此皆可知汉代亦常

有以"边塞"指称长城国境的用法。综合以上所述,可以得知:所谓"边""塞""边塞"均是指胡汉交界的长城而言。后代诗史的"边塞诗",事实上所用的就是与汉代长城有关的典故。详参笔者《荆雍地带与南朝诗歌关系之研究》第四章第二节页一五五至一五八。台湾大学中国文学研究所一九八七年博士论文。

⑪ 《南齐书·苏侃传》(台北:鼎文书局),页二五七。

⑫ 《南齐书·王融传》(台北:鼎文书局),页二八〇。

⑬ 同前注。

⑭ 同前注,页八三八。关于南朝人士如何将长江淮水之战线想象成长城的推论,详参注⑩第四章第二节页一五八至一六二。

⑮ 本文列表与刘汉初《梁陈边塞诗小论》一文所制之表,略有出入。可相互参照比对之。该文收录于《魏晋南北朝文学论集》(文史哲出版社,一九九四年),页六九~八二。

第二章　边塞诗形成于南朝的理论问题

第一节　当代文学史家对南北朝文学的看法

如上所述,南朝史书中不乏运用"边塞"概念的史料,就宋郭茂倩《乐府诗集》所收录者,亦有将近一百多首边塞诗,[①]但是当代文学史家极少人能发现这项奥义。大多数的文学史家都会不自觉地将边塞诗认为北朝之作。

因为一般研究南北朝诗歌演变大架构的学者,最容易陷入"江左宫商发越,河朔词义贞刚"[②]这种僵硬的推理方式之中。于是对于质性倾向绮丽柔美的山水、宫体、咏物一盖纳入南朝;而质性属于刚劲一格的边塞诗,则想当然耳地划入北朝之内。顺此理路再延伸下去,则唐代诗歌之所以能集大成,则是因为融合了南朝的绮丽与北朝的刚劲而来。游国恩在其《新编中国文学史》"隋及初唐文学"一章中论及薛道衡时即云:

他写过一些婉转华美的情诗,像《昔昔盐》《豫章行》,也写了几首较有魄力的边塞诗,像《出塞》《渡河北》。这两种风格统一在他身上,虽然

齐梁诗风还相当浓厚,但总的看来,正是朝着清新刚健的方向发展,这是南北文风交流的结果……③

很显然地,游氏是将《出塞》《渡河北》视为边塞诗,并且归之于北方系统。但是单就《出塞》一诗而言,郭茂倩《乐府诗集》就录有梁刘孝标一首,周王褒一首,以下才是隋杨素、虞世基、薛道衡及唐人诸作。并且刘孝标之作已显然具有边塞风格:

蓟门秋气清,飞将出长城。绝漠冲风急,交河夜月明。陷敌纵金鼓,摧锋扬旆旌。去去无终极,日暮动边声。④

此外游氏还提及卢思道的《从军行》,云其"雄劲有力,与齐梁诗风迥异"⑤。但是《从军行》在南朝早已有庞大的作者群:宋颜延之,梁简文帝、梁元帝、沈约、戴嵩、吴均、江淹、萧子显、刘孝仪,北周庾信、王褒,陈张正见诸人均曾先后以此为题⑥。其中简文帝的"云中亭障羽檄惊,甘泉烽火通夜明""白云随阵色,苍山答鼓声",戴嵩的"阴山日不暮,长城风自凄。弓寒折锦鞬,马冻滑斜蹄",吴均的"怀戈发陇坻,乘冻至辽边",刘孝仪的"木落彤弓燥,气秋征马肥",庾信的"箭飞如疾雨,城崩似坏云",王褒的"平云如阵色,半月类城形"诸句实在亦可列入"雄劲有力"一格,可惜一般文学史家由于太快受到南北文学异质说的误导,以致往往轻易错过摆在眼前的史料。"庾信、王褒入北论"的问题也是在这种背景之下形成的。

庾信、王褒原为萧梁朝官,元帝承圣三年(西元五五四)西魏攻陷萧梁都城江陵,庾信适逢出使西魏,王褒则随后被掳送至长安,二人自此终身羁旅北地⑦。这种由南入北的经历当然很容易令人产生南北诗风融合的联想。刘师培《南北文学不同论》即云：

> 自子山总持身旅北方，而南方轻绮之文渐为北方所崇尚。又初明子渊，身居北土，耻操南音，诗歌劲直，习为北鄙之声，而六朝文体，亦自是而稍更矣。⑧

尔后诸多文学史家亦纷纷作了如下的推断：

（一）陆侃如、冯沅君《中国诗史》：将北朝诗作分成三组，以王褒的《饮马长城窟》《关山月》归入"北方本色"之作。⑨

（二）刘大杰《中国文学发展史》：将《关山月》归为入周以后的作品，并且推测王褒、庾信"到了北方之后，受了政治环境的影响，他们的作品，确带了北方那种轻贞刚健的情调"。⑩

（三）郑振铎《插图本中国文学史》云："这二人所作，原是齐、梁的正体，然而到了北地之后，作风俱大变了。由浮艳变到沉郁，由虚夸变到深刻……"⑪

（四）罗根泽《乐府文学史》云："二人皆津溉于南朝之柔美文学，入北周后北方山川之雄壮，原野之辽阔……故其所作于纤丽优秀之中，寓苍凉激壮之美，已先隋唐文人，使南北文学发生化合作用矣。此种南北文学结晶品，在王褒乐府中，表现十足。如《关山篇》《从军行》《饮马长城窟》《凌云台》《入塞》等篇，无不如此，而以《出塞》《燕歌行》两篇为最。"⑫

（五）王钟陵《中国中古诗歌史》云："综观隋代诗歌，我们可以看到这是一个南北文学交融的时代……"⑬

(六)钱基博《中国文学史(上)》云:"唐之兴也,文章承江左遗风,限于雕章绘句之弊。"[14]

(七)袁行霈编著之《中国文学史纲要(二)》云:"在隋代的三十七年间,诗歌没有什么新的发展,不过是齐梁诗风的延续罢了。"但又认为"隋代另一部份诗人是由陈北徙的……就内容和风格来看,可以说是唐代边塞诗的先驱"。[15]

(八)小尾郊一《南朝文学に现われた自然と自然观》:将王褒《关山篇》《从军行》《饮马长城窟》《出塞》《入塞》《关山月》《高句丽》《燕歌行》等所有边塞风格的作品,全部当成北方景色实际的反映。[16]

(九)杜晓勤《地域文化的整合和盛唐诗歌的艺术精神》一文里认为:"南北文化的统一,是在隋炀帝杨广手中开始的……",并且"无论是文化格局还是诗坛风尚,唐初武德、贞观中都沿袭隋朝之旧……"。[17]

(十)曹道衡《南北文风之融合和唐代〈文选〉学之兴盛》一文提及由南入北作家对北方文学影响时,所做的一段结论,认为"隋代的统一使南北各地的文人聚集到了长安,促进了文风的融合……"。[18]

综合以上诸家所述,可以看出其一脉相通的推理模式:一、庾信、王褒在南朝只写齐梁诗体,入北之后,受北方政治风土影响,才开始写《饮马长城窟》《关山月》《从军行》《出塞》《入塞》《燕歌行》这一类属于"北方本色"的作品。二、隋及唐初的文学陷入雕绘藻饰之弊,实受到南朝文学相当的影响。三、更进一步从由南入北文士对北朝文学的影响,判断隋唐文学实际上是南北朝文学交融影响而成。

其中,关于二人遭逢亡国巨痛,兼且飘零异地,致使写作风格转为沉郁之说,本来是极合理的论断。但是这个问题若欲再推演成二人入北始为劲直刚健的边塞诗之说,就必须先考察北朝原来是否真的已有边塞诗的传统,足以影响二人写作题材与风格？而隋唐边塞诗的写作状态，是否继承于北朝，抑或是南北文风交流互融的结果？或是这类题材与风格根本就是南朝的产物？这确然是一个值得再度商榷与分析的问题，并且将会影响未来文学史的撰作与思维方法的改变。

第二节　唐初史家的南北文学观

以上所征引的学者，不乏是学养深厚，见解卓越的大家。但是在涉及南北文学风格及地位时，纷纷陷入僵硬的思考模式之中，若推究其原因，实和唐初史家的误导有关。唐初史家讨论南北文学风格的思维模式，大多不脱"江左宫商发越，贵于清绮；河朔辞义贞刚，重乎气质"的二分法来进行讨论。这项观点的形成，源自于《南史》《北史》《北齐书》《隋书》中的《文苑传·序》与《周书》里的《王褒、庾信传》以及《南四书》中的部分篇章。这些南北朝史却多成书于唐初。因此上述史书究竟有无受到其时史家主体意识的影响，是在使用这些史书前，必须先进行一些考察的工作。

魏征《隋书·文苑传》云：

暨永明、天监之际，太和、天保之间，洛阳江左，文雅尤盛。于时作者：济阳江淹、吴郡沈约、乐安任昉、济阴温子升、河间邢子才、钜鹿魏伯起等，并穷学书圃，思极人文，缛彩郁于云霞，逸响振于金石，英华秀发，波澜浩荡，笔有余力，词无竭源。方诸张、蔡、曹、王，亦固一时文选也。闻其风者，声驰景慕，然彼此好尚，互有异同。江左宫商发越，贵于清绮，河朔辞意贞刚，重乎气质。气质则理胜其词，清绮则文过其意。理深者便于实用，文华者宜于咏歌,此其南北词人得失之大较也。若能掇彼清音,简兹累句,各去所短,合其两长,则文质彬彬,尽善尽美矣。[19]

而李延寿《北史·文苑传》的说法,常为治南北文学者递相征引,其文实乃继承上述魏征的思维而来:

> 暨永明天监之际,太和天保之间,洛阳江左,文雅尤盛,彼此好尚,雅有异同,江左宫商发越,贵于清绮,河朔辞意贞刚,重乎气质。[20]

他们均认为北朝文学应与南朝文学相提并论,甚至在此基础上认为北朝文学实略优于南朝,对南朝文学作了进一步的抨击,反映他们重北轻南,欲形塑正统文学史观的态度:

> 梁自大同之后,雅道沦缺,渐乖典则,争驰新巧。简文、湘东,启其淫放,徐陵、庾信,分路扬镳。其意浅而繁,其文匿而彩,词尚轻险,情多哀思。格以延陵之听,盖亦亡国之音乎?[21]

其时,李百药也表示相同的看法,《北齐书·文苑传》云:

> 江左梁末,弥尚轻险,始自储宫,刑乎流俗,杂恚滞以成音,故虽悲而不雅。爰逮武平,政乖时蠹,唯藻思之美,雅道犹存,履柔顺以成文,蒙大难而能正。原夫两朝叔世,俱肆淫声,而齐武氏变风,属诸弦管,梁时变雅,在夫篇什。莫非易俗所致,并为亡国之音;而应变不殊,感物或异,何哉?盖随

君上之情欲也。②

这里已蕴含了"重北轻南""北优南劣"文学思维，这里似乎纠缠了一种对南朝文学为亡国之音的批判态度，此观念在令狐德棻的看法中，有更为清晰的说明。《北周书·王褒、庾信传》：

> 洎乎有魏，定鼎沙朔，南包河、淮，西吞关、陇。当时之士，有许谦、崔宏、崔浩、高允、高闾、游雅等，先后之间，声实俱茂、词意典正，有永嘉之遗烈焉。……其后袁翻才称澹雅，常景思标沉郁，彬彬焉，盖一时之俊秀也。周世创业，运属陵夷。纂遗文于既丧，聘奇士如弗及。是以苏亮、苏绰、卢柔、唐瑾、元伟、李昶之徒，咸奋鳞翼，自致青紫。……既而革车电迈，渚宫云撤。尔其荆，衡杞梓、东南竹箭，备用于庙堂者众矣。唯王褒、庾信奇才秀出，牢笼于一代。……然则子山之文，发源于宋末，盛行于梁季。其体以淫放为本，其词以轻险为宗。故能夸目侈于红紫，荡心逾于郑卫。昔扬子云有言："诗人之赋，丽以则；词人之赋，丽以淫。"若以庾氏方之，斯又词赋之罪人也……③

明显地，令狐德棻以北方的"声实俱茂、词意典正，有永嘉之遗烈焉"去对照南方的"以淫放为本，其词以轻险为宗"立论。笔者综合以上所引述之文，可以看出初唐史家几乎在北朝史的基础上，去架构一个南北朝文学史的建筑，以批判南朝文学结构上的瑕疵。

相对于北朝史书，南朝有关史书在文学传序里不但未对北朝文学提出任何抨击，却反而在某部分的纪传史臣论中，对于南朝文学严加谴责。

（一）《梁书》、《陈书》里的评断与记载

《旧唐书·魏征传》云：

> 有诏遣令狐德棻、岑文本撰《周史》，孔颖达、许敬宗撰《隋史》，姚思廉撰《梁、陈》史，李百药撰《齐史》。征受诏总加撰定，多所损益，移存简正。隋史序论，皆征所作，梁、陈、齐各为总论，时称良史。[24]

虽然，姚思廉是唐初较为客观公允，并且尽力回护南朝文学的史家，按理来说，他可成为平衡南北文学观点的重要史家，然而因为代表北方立场的魏征是御诏"总加撰定"之人，所以《梁书》与《陈书》里，魏征扮演了一个对南方立场截断的史家，笔者引述两者在两史中的论断对照，便可清楚地透显出问题症结所在：

（1）姚思廉《梁书·史臣论》与魏征《梁书·史臣侍中论》的歧异

魏征主要利用本纪里的总论，裁断姚思廉在史臣论里的南方立场。姚思廉在《武帝本纪》之后的史臣论对梁武帝早年的英明果断极其称颂，对其晚年的朝政荒颓，也将过错归于朱异之徒：

> 高祖英武睿哲，义起樊、邓……兴文学，修郊祀，置五礼，定六律，四聪既达，万机斯理，治定功成，远安迩肃。……及乎耄年，委事群幸。然朱异之徒，作威作福，挟朋树党，政以贿成。服冕乘轩，由其掌握。是以朝经混乱，赏罚无章。"小人道长"，抑此之谓也。贾谊有云"可为恸哭者矣"。遂使滔天羯寇，承间掩袭，鹜羽流王屋，金契辱乘舆，涂炭黎元，黍离宫室。鸣呼，天道何其酷焉。[25]

魏征在诸帝本纪之后的总论,则执相反的态度:

　　史臣侍中,郑国公魏征曰:高祖固天攸纵,聪明稽古,道亚生知,学为博物,允文允武,多艺多才。……然不能息末敦本,斫雕为朴,慕名好事,崇尚浮华,抑扬孔、墨,流连释、老,或经夜不寝,或终日不食。非弘道以利物,惟饰智以惊愚。……逮夫精华稍竭,凤德已衰,惑于听受,权在奸佞,储后百辟,莫得尽言。险躁之心,暮年愈甚。见利而动,愎谏违卜,开门揖盗,弃好即仇,衅起萧墙,祸成戎羯,身殒非命,灾被亿兆……㉖

萧梁亡国,固然与梁武帝晚年宠信朱异导致朝纲败坏不无关系,但这与其读书崇玄则并无法直接画上等号。魏征以北人出身的立场,将梁朝败亡归之于武帝“慕名好事,崇尚浮华”,显而易见其对于南朝文风持批判的态度。

　　再看魏征对于萧绎的评价:

　　其笃志艺文,采浮淫而弃忠信,戎昭果毅,先骨肉而后寇仇。虽口诵六经,心通百氏,有仲尼之学,有公旦之才,适足以益其骄矜,增其祸患,何补金陵之覆没,何救江陵之灭亡。㉗

他将江陵之亡与萧绎的文章性情相等统一,和姚思廉认为“以世祖之神瑞特达,留情政道,不怵邪说,徙跸金陵,左邻强寇,将何以作? 是以天未悔祸,荡覆斯生,悲夫!”㉘这种定都江陵措施的失当,而导致败亡的说法,有其相异之处。实际上,魏征是在南朝原有的“浮淫”之讥上再冠以“亡国之音”的罪名,将文学与政治混为一谈。这项严苛的指责,在《陈书·后主本纪》里,就变得更为激烈。

（2）《陈书·史臣论》与魏征之论的歧异

姚思廉在《史臣论》里替陈代亡国之君陈叔宝卸罪云：

> 后主昔在储宫，早标令德，及南面继业，实允天人之望矣。至于礼乐刑政，咸遵故典，加以深弘六艺，广辟四门，是以待诏之徒，争趋金马，稽古之秀，云集石渠。且梯山航海，朝贡者往往岁至矣。自魏正始、晋中朝以来，贵臣虽有识治者，皆以文学相处，罕关庶务，朝章大典，方参议焉。文案簿领，咸委小吏，浸以成俗，迄至于陈。后主因循，未遑改革，故施文庆、沈客卿之徒，专掌军国要务，奸黠左道，以衰刻为功，自取身荣，不存国计，是以朝经堕废，祸生邻国。斯亦运钟百六，鼎玉迁变，非唯人事不昌，盖天意然也。㉙

姚氏认为陈叔宝是一位积极推动文教事业的国君，将"朝政堕废，祸生邻国"的责任，归于晋宋以来的沿袭之风，罪不在后主，亡国应为天意使然。但魏征则完全持相反的态度，他批评陈叔宝：

> 后主生深宫之中，长妇人之手，既属邦国殄瘁，不知稼穑艰难。初惧危亡，屡有哀矜之诏，后稍安集，复扇淫侈之风。宾礼诸公，唯寄情于文酒，昵近群小，皆委之以衡轴……。古人有言：亡国之主多有才艺，考之梁、陈及隋，信非虚论。然则不崇教义之本，偏尚淫丽之文，徒长浇伪之风，无救乱亡之祸矣。㉚

魏征对陈后主最痛切的就在"复扇淫侈之风"一事上，但却由此演绎出"亡国之主多有才艺"的论点,最后将此推至陈之所以乱亡的原因。如此一来南朝文学便多了一项"亡国之音"的罪名。

(二)李延寿《南史》《北史》文学传论的比重不均

南、北史之作,本意在疏通南北的乖隔偏执,据李延寿述其父李大师少年之志云:

> 大师少有著述之志,常以宋、齐、梁、陈、魏、齐、周、隋南北分隔,南书谓北为"索虏",北书指南为"岛夷"。又各以其本国周悉,书别国并不能备,亦往往失矣。常欲改正,将拟《吴越春秋》编年已备南北。[31]

但李延寿继承其父遗志所成之史[32],却无法避免初唐史家重北轻南的意识形态,最显著的反映在其《文苑传·序》上。在《北史·文苑传序》里,李延寿使用了二千五百七十三字的幅度,以文学史的观察思考作为叙述视角,并且将北朝文学当作正统政权看待。全文从六经诸子,次第两汉马班之赋,建安、太康之诗,接以五胡乱华时期的中原文士,随后即承以北魏、北周等文学概况,在北方正统的思维下去展开"江左、河朔"的论调。然而其写《南史·文学传序》却只用了二百三十一字,只占了《北史·文苑传序》的百分之九,并且内容空泛,并未述及南朝文学源流与其文学主张,更未提及北方文学。换句话说,李延寿在《北史》里全力铺陈北朝文学的盛况,并不时批评南朝文学,在《南史》中却轻描淡写,放弃了以南朝文学来观察北朝文学的书写,对于后代学者引用两书来讨论南北朝文学的过程中,在质量上均造成不平衡的误导。

(三)初唐史家多持重北轻南的立场

我们观察初唐史家的出身背景[33]:

姓名	背景	属性	撰写史书
岑文本	邓州棘阳	南人	周史
姚思廉	父姚察为吴兴武康人,阵亡,察自吴兴迁京兆,遂为万年人	姑以南人视之	梁书 陈书
令狐德棻	关陇望族,宜州华原人	北人	周史
崔仁师	定州定喜人	北人	
李百药	定州安平人,父李德林尝历仕北齐、北周、隋	北人	齐书
房玄龄	齐州临淄人	北人	
李延寿	世居相州	北人	南史·北史

不难看出,唐初史家十之八九皆为北人。至于实际上史书的统筹审定工作,更完全操在于北人手里。非但此次的修史事宜由房玄龄总监,武德四年(西元六二一)的修史之议亦导源于德棻。由此可知,虽唐初朝廷用人南北兼具,像褚遂良、虞世南、岑文本等无一非南人,但真正掌握军政大权者,据牟润孙的看法,仍以关陇人物与李氏宗亲占多数^㉝。所以陈寅恪的唐初统治阶层说相当切近实际情况^㉟。既然,北方人氏掌握了修史的重权,基于南朝覆灭的殷鉴,所以存有重北轻南的倾向,将其与亡国之音联系一起,本是顺理成章之事。因此在这种背景下形成的文学观,往往便有不平衡且过分简化的缺失。

第三节 南朝边塞诗的美学性格

边塞诗形成于南朝的具体事实,经过笔者近年来一系列的探讨,可算已得到一个明确的结论^㊱。本节所欲探讨的是:边塞诗的出现,对南朝诗坛而言,究竟是不是一个违逆潮流,突兀孤悬的现象,换句话说,历来文学史家及近代六朝学者均认为南朝作品的风格,系以柔美绮丽的山水宫体咏物为主,怎么会在温柔乡中的烟雨江南,奇迹似地笼罩着长城瀚海的大漠烟云。

一般解释唐代边塞诗的学者,都会强调实地边塞经验对边塞诗人作品中具体骨力的影响[37],但是事实上我们可以断言的是:南朝的诗人除了庾信、王褒晚年羁旅北周之外,并没有任何一位诗人有实地凭吊长城,西出阳关的经验[38]。那么,这些南朝诗人究竟是在什么样的情境之下,写出这些大漠风沙,胡地汉月?

事实上,诸多南朝有边塞诗作的诗人,容或有面临烽火战争的经验,如写《白马篇》的孔稚珪,就曾于建武初至永元元年(西元四九四—四九九)为冠军将军萧遥欣平西长史。这段时间正是北魏孝文帝迁都洛阳,而南齐海陵王崩殂,北魏孝文帝在这段时间两度挥兵南下,南齐沔北五郡还一度为北魏攻陷。[39]所以孔稚珪应该有过面临烽火的经验。萧纲未立为太子之前,曾经在雍州担任刺史八年,据《梁书·简文帝本纪》云"在襄阳拜表北伐,遣长史柳津、司马董当门、壮五将军杜怀,振远将军曹义宗等重军进讨……"[40],可见萧纲也的确有统军北伐的经验。当然,刘孝仪,刘孝威,刘孝陵均随其出镇雍州[41],也一定面临过战争场面。但是这些战争都是在以长江、淮河为界的南北交战之地,与长安洛阳,长城边塞毫不相干,显然南朝诗人还是没有真正的边塞战争的经验。

可见南朝边塞诗本质上就是一种文学想象的典型代表,一如《文心雕龙·神思》所云"寂然凝虑,思接千载。悄焉动容,视通万里",甚至进一步地推敲,南朝边塞诗有极大成分应归属于宫廷唱和之作。如刘孝威之《奉和湘东王应令诗二首·春宵、东晓》[42]:

花开人不归,节暖衣须变。回钗挂反环,拭泪绳春线。今夜月轮圆,胡兵必应战。

妾家边洛城,惯识晓钟声。钟声犹未尽,汉使报应行。天寒砚冰冻,心悲书不成。

花开春回,征人却遥望不归,闺中少妇只得拭泪缝衣,却又在举头望月之际,忧虑起月圆之夜,反而是最适合胡兵夜袭的时机,短短篇章,却善尽婉转悲切之情,俨然已有唐人边塞的格局。第二首写思妇彻夜不眠,拟作书寄边,却迟迟难以落笔的凄凉之情,写来也凄楚动人。但是这两首作品事实上只是刘孝威"奉和"湘东王的侍宴之作而已。刘孝绰的《奉和湘东王应令诗二首之一·冬晓》⑬也是同一系列的作品:

> 冬晓风正寒,偏念客衣单。临妆罢铅黛,含泪剪绫纨。寄语陇城下,讵知书
> 信难。

其辞意和刘孝绰"妾家边洛城,惯识晓钟声"的闺怨边塞的笔法如出一辙。可见被后世视为四面烽火,笳声不断的边塞作品,在南朝诗人笔下,居然是宫廷游宴之作。

除了"奉和"之作外,尚有诸多"赋得"性质的作品,如刘孝威就有一首《赋得龙沙宵月明》⑭:

> 鹊飞空绕树,月轮殊未圆。嫦娥望不出,桂枝犹隐残。落照移楼影,浮光动
> 堑澜。枥马悲笳吹,城乌啼塞寒。传闻机杼妾,愁余衣服单。当秋络已脆,
> 衔啼织复难。敛眉虽不乐,舞剑强为欢。请谢函关吏,行当封一丸。

枥马悲笳,城乌塞寒之句已隐然有边城含意,开篇飞鹊绕树,月轮未圆,也早已渲染出一幅大漠荒凉之图景。梁简文帝萧纲也有一首《赋得陇坻雁初飞》⑮:

高翔悍阔海,下去怯虞机。雾暗早相失,沙明还共飞。陇狭招声聚,风急暮行稀。虽弭轮台援,未解龙城围。相思不得返,且寄别书归。

简文帝之作,除了写出雾暗相失,沙明共飞的荒凉背景之外,更以轮台、龙城具体的地名,推展出边塞具体的空间实感。沈约的《赋得边马有归心》与《赋得长笛吐清气》诗⑯则写得更为具体:

穷秋边马肥,向塞甚思归。连镳渡蒲海,东舌下金微。已却鱼丽阵,将摧鹤翼围。弥忆长楸道,全边背落晖。

商声传后出,龙吟郁前吐。情断山阳舍,气咽平阳坞。胡骑争北归,偏知别乡苦。羁旅情易伤,零泪如交雨。

除此之外,尚有贺彻《赋得长笛吐清气》⑰诗显然也是和沈约同一系列的作品:

胡关氛雾侵,羌笛吐清音。韵切山阳曲,声悲陇上吟。柳折城边树,梅舒岭外林。方知出塞虏,不惮武溪深。

其中"胡骑""胡关""北归""出塞"都是在分题赋诗的场域之际吟咏而出。另有刘删《赋得苏武诗》⑱也是在描写苏武出关思乡之际,渲染出一片边塞图画。诗云

奉使穷沙漠,拭泪上河梁。食雪天山近,思归海路长。系书秋待雁,握节暮
看羊。因思李都尉,还汉不相忘。

由以上奉和及赋得之作,可以知道南朝边塞诗和当时贵游唱和之风息息相关。

所谓贵游文学,一如王梦鸥先生在《贵游文学与六朝文体的演变》一文中所
云:贵游文学系指宫廷文士与侯门清客的文学⑭。贵游文学的传统最早可以从
宋玉、司马相如、扬雄滥觞,到了魏晋达到初步的高峰,最有名的当以曹丕及其
门下文士为主流,亦如曹丕所云:

每念南皮之游,诚不可望。既妙思六经,逍遥百氏,谈棋间设,终以六
博。高谈娱心,哀争顺耳。驰骋北场,旅食南馆。浮甘瓜于清泉,沈朱李于
南馆。白日既匿,继以朗月,同乘并载,以游后园,舆轮徐动,参从无声。⑩

又云:

昔日游处,行则连舆,止则接席,何曾须臾相失?每至觞酌流行,丝竹
并奏,酒酣耳热,仰而赋诗。当此之时,忽然不自知乐也。⑪

这样的贵游文学活动,所写的作品不外乎是一些"怜风月,狎池苑,述恩荣,叙酣
宴"⑫。这种文学活动的方式,到了南朝时期更加蓬勃活跃,主要的原因是南朝
的君主王侯,时时都以曹氏父子为模仿对象,延揽文学之士为入幕之宾。自刘
宋以来,有临川王刘义庆、始兴王刘濬、孝武帝刘骏、明帝刘彧、建平王刘景素文
学集团;南齐有文惠太子萧长懋、竟陵王萧子良、随郡王萧子隆文学集团;南朝

梁有武帝萧衍、安成王萧秀、南平王萧伟、昭明太子萧统、简文帝萧纲、元帝萧绎
文学集团;南朝陈则以陈后主所形成的文学集团为主○○。

　　这些贵游文学集团对于南朝诗歌风格的塑造,当然有相当的影响力,尤其
对于边塞诗的写作,更有着结构性的功能。《周书·王褒传》云:"褒,曾作燕歌
行,妙尽关塞寒苦之状,元帝及诸文士并和之,而竞为凄切之词。"○○据郭茂倩
《乐府诗集》所载,《燕歌行》系列与梁元帝文学集团有关的有梁元帝本人一首,
庾信、王褒各一首,可见其确为相和之作。今试将王褒原作引录如下,以观其风
格大要:

　　初春丽日莺欲娇,桃花流水没河桥。蔷薇花开百重叶,杨柳拂地散千条。
陇西将军号都护,楼兰校尉称嫖姚。自从昔别春燕分,经年一去不相闻。
无复汉地长安月,唯有漠北蓟城云。淮南桂中明月影,流黄机上织成文。
充国行军屡筑营,阳史讨虏献平城。城下风多能却阵,沙中雪浅讵停兵。
属国少妇犹年少,羽林轻骑数征行,遥闻陌头采桑曲,犹胜边地胡笳声。胡
笳向暮使人泣,还使闺中空伫立。桃花落,杏花舒,桐生井底寒叶疏。试为
来看上林雁,必有遥寄陇头书。○○

王褒此作出现"陇西将军""楼兰校尉""汉地长安月""漠北蓟城云"的边塞人物
及空间意象,而后又以"胡笳向暮使人泣,还使闺中空伫立"对映出边塞荒凉与
长安家园的矛盾。唐人高适边塞名作《燕歌行》"少妇城南欲断肠,征人蓟北空
回首"的神韵就是脱胎于此。至于庾信之作也有"寒雁丁丁渡辽水,桑叶纷纷落
蓟门。晋阳山头无箭竹,疏勒城中乏水源""妾惊甘泉足烽火,君讶渔阳少阵云"
之句,充分显示其边塞诗的基本格局。可见,王褒等人系用乐府古题作为唱和

的桥梁。

以乐府古题写作边塞诗的作品据笔者考察还有如下众作，今试以表格方式

整理：

辞类	辞名	作者
（一）郊庙歌辞	无	
（二）燕射歌辞	无	
（三）鼓吹曲辞	上之回	梁简文帝
	战城南	梁吴均；陈张正见
	君马黄	陈张正见
（四）横吹曲辞	陇头	陈后主
	陇头水	梁元帝，刘孝威；陈张正见，谢燮，江总
	入关	梁吴均
	出塞	梁刘峻，王褒
	入塞	梁王褒
	关山月	梁元帝；陈后主，张正见，徐陵，陆琼，阮卓，江总，贺力牧
	紫骝马	陈后主，张正见，陈暄，祖孙登
	骢马驱	梁元帝，刘孝威；陈徐陵，江总
	雨雪曲	陈张正见，陈暄，江总，谢燮
（五）相和歌辞	度关山	梁简文帝；陈张正见
	燕歌行	梁元帝，萧子显，王褒，庾信
	从军行	宋颜延之；梁简文帝，萧子显，沈约，吴均，刘孝仪，王褒，庾信；陈张正见
	陇西行	梁简文帝
	饮马长城窟行	梁沈约，王褒；陈后主，张正见
	雁门太守行	梁简文帝
（六）清商曲辞	无	
（七）舞曲歌辞	无	
（八）琴曲歌辞	思归引	梁刘孝威

续表

辞类	辞名	作者
	渡易水	梁吴均
	胡笳曲	宋吴迈远；梁江洪
（九）杂曲歌辞	出自蓟北门行	宋鲍照；梁庾信；陈徐陵
	妾薄命	梁刘孝威
	白马篇	宋鲍照；齐孔稚珪；梁沈约，徐悱
	结客少年场行	宋鲍照；梁刘孝威，庾信
	拟行路难	宋鲍照；齐僧宝月
（十）近代曲辞	无	
（十一）杂歌谣辞	无	
（十二）新乐府辞	无	

根据以上分类,可以看出两项重点:(一)南朝边塞诗作的确是以乐府古题为主;(二)边塞乐府只集中在"横吹曲辞""相和曲辞""鼓吹曲辞""琴曲歌辞""杂曲歌辞"五类之中。这两项重点透露着边塞诗性格极重要的奥义,因为边塞作品只出现在上述五类之中,偏偏未出现在"清商曲辞"一类中,足可证明边塞诗在南朝的发展,有其稳定的次序与轨道。

清商曲辞发展到南朝系以"神弦曲""雅歌""上云乐""江南弄""吴声歌曲""西曲"的"清商新声"为主⑤,是文人醉心仿效的潮流。不过南朝文士模拟乐府本来就采用两种方式:吴歌西曲与汉魏古乐府⑤。于是便在"横吹曲辞""相和曲辞""鼓吹曲辞""琴曲歌辞""杂曲歌辞"五类的模拟里,形成了边塞诗。阎采平认为边塞乐府与南朝诗歌发展中复古拟古的思潮极为相关,这是南朝人对于传统或是建安风骨的模拟与保留⑤,的确是极精辟的见解。正因为边塞乐府是一种刻意的仿作,所以和南朝君臣的游宴之风并不相违逆。换句话说,边塞乐府是一种交织着建安风骨和游宴唱和两种性格的混声合唱。

南朝边塞诗使用汉魏乐府古题的模式,事实上就是一种广义的唱和,最具代表性的,可以《从军行》为例。《从军行》在南朝以前即有王粲、陆机之作,刘宋以后有颜延之、梁简文帝、梁元帝、沈约、戴嵩、吴均、江淹、庾信、王褒、萧子显、刘孝仪、张正见等作品。《乐府解题》云:"《从军行》皆军旅苦辛之辞"⑤⑨,此题在王粲、陆机之手,已略有边塞诗规模,自梁简文帝、沈约、戴嵩、吴均、张正见以下,则筋骨神韵俱备。试先观梁简文帝之作:

云中亭障羽檄惊,甘泉烽火通夜明。贰师将军新筑营,嫖姚校尉初出征。复有山西将,绝世爱雄名。三门应遁甲,五垒学神兵。白云随阵色,苍山答鼓声。迤逦观鹅翼,参差睹雁行。先平小月阵,却灭大宛城。善马还长乐,黄金付水衡。小妇赵人能鼓瑟,侍婢初笄解郑声。庭前桃花飞已合,必应红妆来起迎。⑥⓪

萧纲此作既以"亭障羽檄""烽火通夜"之句写出边塞军旅之境,又以"白云阵色""苍山鼓声"渲染边塞战役之景,其中又有"贰师将军""嫖姚校尉"的汉代战将,当然是一幅边塞行旅之图。戴嵩之作则扣紧此一主题加以发挥:

长安夜刺闺,胡骑白铜鞮。诏书发陇右,召募取关西。剑悬三尺鞘,铠累七重犀。督车鸣战鼓,巡夜数更鼙。侵星出柳塞,际晚入榆溪。秦泾含药鸩,晋火逐飞鸡。通泉开地道,望敌竖云梯。阴山日不暮,长城风自凄。弓寒折锦鞭,马冻滑斜蹄。燕旗竿上晚,羌笛管中嘶。登山试下赵,凭轼且平齐。当今函谷上,唯见一九泥。⑥①

此诗用字遒劲有力,是南朝边塞诗中的佳作,尤其"阴山日不暮,长城风自凄。弓寒折锦鞬,马冻滑斜蹄"置诸唐人集中几不可辨识。陈张正见也是沿此脉络写出相同水准的作品:

胡兵屯蓟北,汉将起山西。故人经百战,聊欲定三齐。风前喷画角,云上舞飞梯。雁塞秋声远,龙沙云路迷。燕然自可勒,函谷讵需泥?

将军定朔边,刁斗出祁连。高柳横长塞,榆关接远天。井泉含阵竭,风火映山然。欲知客心断,旌旆万里悬。⑫

其中"雁塞秋声远,龙沙云路迷""井泉含阵竭,风火映山然"均能扣紧兵戎军旅的骨干,加以渲染。当然,《从军行》诸作无法像《燕歌行》一样有证据确凿的史书证明其有直接相互唱和的根据。但是既然以此一本题加以拟作,纵然不是共时性的唱和之作,也必然可以视为在一文学传统中历时性的唱和之作。

除此之外,《关山月》一题亦可相互发明。此在南朝有梁元帝、陈后主、陆琼、张正见、徐陵、贺立牧、阮卓、江总、王褒之作。为明其脉络演变,兹将其全数载录于下⑬:

朝望清波道,夜上白登台。月中含桂树,流影自徘徊。寒沙逐风起,春花犯雪开。夜长无与晤,衣单为谁裁?(梁元帝)

秋月上中天,回照关城前。晕缺随灰灭,光满应珠圆。带树还添桂,衔峰乍似弦。复教征戍客,长怨久连翩。

戍边岁月久，恒悲望舒耀。城遥接晕高，涧风连影摇。寒光带岫徙，冷色含山峭。看时使人忆，为似娇娥照。（陈后主）

边城与明月，俱在关山头。烽烽望别垒，击斗宿危楼。团团婕妤扇，纤纤秦女钩。乡园谁共此，愁人屡亦愁。（陆琼）

岩间度月华，流彩映山斜。晕逐连城璧，轮随出塞车。唐蒙遥合影，秦桂远分花。欲验盈虚理，方知道路赊。（张正见）

关山三五月，客子忆秦川。思妇高楼上，当窗应未眠。星旗映疏勒，云阵上祁连。战气今如此，从车复几年。

月出柳城东，微云掩复通。苍茫萦白晕，萧瑟带长风。羌兵烧上郡，胡骑猎云中。将军拥节起，战士夜鸣弓。（徐陵）

重关敛暮烟，明月下秋前。照石疑分镜，临弓似引弦。雾暗迷旗影，霜浓湿剑莲。此处离乡客，遥心万里悬。（贺立牧）

关山陵汉开，霜月正徘徊。映林如璧碎，侵塞似轮摧。楚师随晦尽，胡兵逐暖来。寒笳将夜鹊，相乱晚声哀。（阮卓）

兔月半轮明，狐关一路平。无期从此别，复欲几年行。映光书汉奏，分影照

胡兵。流落今如此,长戍受降城。(江总)

关山夜月明,秋色照孤城。影亏同汉阵,轮满逐胡兵。天寒光转白,风多晕欲生。寄言亭上吏,游客解鸡鸣。(王褒)

以上十一首作品,其相互模拟应和的痕迹极为明显。换句话说,这些边塞诗并不需要诗人亲自到沙场挥汗厮杀,诗人只要掌握文学传统,应用其心灵的想象,一样可以"身在江南,心怀边塞"。《关山月》这一系列的作品,由于南朝诗人不断地传唱应和,终于使李白也用《关山月》写出了"明月出天山,苍茫云海间。长风几万里,吹度玉门关"④的千古名句。

综合以上所论,可知南朝边塞诗在本质上是一种贵游性质的唱和之作,在文学的意义上,此一令人讶异的现象,正可以证明诗人的心灵自由是一切创作力量的泉源,即使是大漠风沙,边城胡笳,诗人也可以"寂然凝虑,思接千载,悄焉动容,视通万里",在杏花烟雨的江南随手挥洒视野辽阔的大漠想象⑤。

———————————

① 本文将会在此后加以详细论述。《乐府诗集》请参里仁书局,一九八一年版。

② 语出《隋书·文学传序》(鼎文版,页一七二九~一七三○),暨《北史·文苑传序》(鼎文版,页二七八二)。

③ 见是书,页二五,复文书局。

④ 见逯钦立《先秦汉魏南北朝诗》,木铎出版社,页一七五八。

⑤ 同注三,页二四。

⑥ 据郭茂倩《乐府诗集》卷三十二《相和歌辞七》(台北:里仁书局,一九八一年版,页四七七~四八二)。

⑦　关于两人羁北的经过,详参沈冬青《梁末羁北文士研究》一文,台湾大学中文研究所硕士论文,一九八六年。

⑧　刘师培《南北文学不同论》系发表于《国粹学报》第九期,光绪三十一年。收录于许文雨编《文论讲疏》,正中书局,一九七六年。

⑨　详见是书,页四○一,坊间本。

⑩　见是书,页三四四,据华正书局一九八○年版。

⑪　见是书,页二六七,坊间本。

⑫　见是书,页一六八～一六九,文史哲出版社,一九七二年。

⑬　见是书,页八五七～八五八,江苏教育出版社,一九八八年。

⑭　见是书,页二五一。北京中华书局,一九九三年版。

⑮　见是书,页一○五。北京大学出版社,一九八六年版。

⑯　此书系以作品反映自然环境的思维方式来处理南朝文学。书中颇多创见,尤其论及南朝地方志与南朝山水游记一事,极具卓识。惟其环境反映论用之于南朝边塞诗,正中了语汇的陷阱。详见氏书第三章,页五八三,日本:岩波书店,一九六二年。

⑰　见是文,收录于《文学遗产》一九九九年第一期,页十七至二三。

⑱　见是文,收录于《文学评论》一九九九年第四期,页九七～一一○。

⑲　《隋书·文学传序》,鼎文版,页一七二九～一七三○。

⑳　《北史·文苑传序》,鼎文版,二七八二。

㉑　《隋书·文学传》与《北史·文苑传》这两段文字几乎完全相同,见同注十九、二十。

㉒　《北齐书·文苑传序》,鼎文版页六○二。

㉓　《北周书·王褒、庾信传论》,鼎文版页七四四。

㉔　《旧唐书·魏征传》,鼎文版,页二五四八。

㉕　《梁书·武帝本纪》之史臣曰,鼎文版,页九七。

㉖　同前书《诸帝本纪》之史臣侍中、郑国公魏征曰,鼎文版页一五○。

㉗　同前书《诸帝本纪》之史臣侍中、郑国公魏征曰,鼎文版页一五二。

㉘　同前书《元帝本纪》之史臣曰,鼎文版,页一三六。

㉙　《陈书·后主本纪》之史臣曰,鼎文版,页一二〇。

㉚　同前书《诸帝本纪》之史臣侍中、郑国公魏征曰,鼎文版页一一九。

㉛　《北史·序传》,鼎文版,页三三四三。

㉜　据《新唐书·令狐德棻传》云:"初,延寿父大师……思所以改正,拟《春秋》编年,刊究南北事,未成而殁,延寿既数舆论选,所见亦广,乃追终先志。……作本纪十二、列传八十八,谓之《北史》……作本纪十,列传七十,谓之《南史》……"鼎文版,页三九八五。

㉝　除李德林见《隋书》本传外(鼎文版,页一一九三～一二〇八),其余均见《新唐书》本传(鼎文版,页依人名次序如下:页三六九五,页三七九八,页三九二〇,页三九七三,页三八六七,页三八五三,页三九八五)。

㉞　见氏著《唐初南北学人论学之异趣及其影响》一文,《中国文化研究所集刊》第一卷。香港中文大学,一九六八年九月。本节观点多处受牟文启发。另亦参笔者《荆雍地带与南朝诗歌关系之研究》一书(台湾大学中文研究所一九八七年博士论文)。

㉟　详见氏著《唐代政治史述论稿上篇·统治阶级之氏族及其升降》。收录于《陈寅恪先生论文集》,页一五三～二〇〇,九思书局,一九七七年。

㊱　详参笔者之近年所撰作之一系列论著。

㊲　详参大陆及国内学者诸多关于讨论边塞诗的论述,都涉及此说法,兹不赘引。

㊳　《周书·王褒传》尝云:"褒曾作《燕歌行》,妙尽关塞寒苦之状,元帝及诸文士和之,而竞为凄切之词。"由此我们当可如此推断,庾信、王褒的边塞作品多完成于南朝,《燕歌行》则是较重要的作品之一。本文也因此将庾、王二人当作南朝文人处理。见鼎文版,一九八〇年,页四八四。

㊴　见《资治通鉴》卷一百四十一《明帝建武四年》。世界书局版,页四四一二至四四一六。

㊵　见《梁书·简文帝本纪》见鼎文版,一九八○年。

㊶　见《梁书》本传:刘孝仪为安北曹史,刘孝威为安北法曹,刘孝陵为安北谘议将军。

㊷　引自逯钦立《先秦汉魏晋南北朝诗》(台北:木铎出版社,一九八三年),页一八八一。

㊸　同前注,页一八四二。

㊹　逯钦立原题《侍宴》,同前注,页一八七八。

㊺　同前注,页一九五○。

㊻　同前注,页二四四八至二四六五。

㊼　同前注,页二五五四。

㊽　同前注,页二五四六。

㊾　引自王梦鸥《古典文学论探索》(正中书局,一九八四年),页一一七至一三六。

㊿　《文选》卷四十二《魏文帝与朝歌令吴质书》(台北:汉京文化,一九八三年),页七八三。

51　同前注,《魏文帝与吴质书》,页七八四。

52　《文心雕龙·明诗》,引自周振甫注《文心雕龙注释》(台北:里仁书局,一九九四年),页六八。

53　关于这个问题,详请参刘汉初《萧统兄弟的文学集团》(台湾大学中国文学研究所一九七五年硕士论文)以及吕光华《南朝贵游文学集团研究》(政治大学中国文学研究所一九九○年博士论文)。

54　《周书·王褒传》,页四八四,台北,鼎文版。

55　《乐府诗集》卷三十二《相和歌辞七》(台北:里仁书局,一九八一年),页四七二。

56　参王运熙《清乐考略》,收入氏著《乐府诗论丛》,北平:中华书局,一九六二年。

57　采陈义成之说,见氏著《汉魏六朝乐府研究》,第五篇《六朝乐府》,第三章第二节"文十乐府:作者及其作品",页一八五。台北:嘉新水泥文化基金会出版,一九七六年。

○58　阎采平《梁陈边塞乐府论》一文载于《文学遗产》第六期,北平中国社科院文学研究所,一九八八年十二月。

○59　同注五十五之版本,页四七五。

○60　同前注,页四七八。

○61　同前注,页四七九。

○62　同前注,页四八一。

○63　同前注,卷二十三《横吹曲辞三》,页三三四至三三六。

○64　同前注,页三三七。

○65　此一以诗人心灵自由想象的理论一旦确立,使南朝边塞诗的研究得以完全跳出笔者早期视南朝边塞诗与诗人军旅经验有关的初步观察。参《荆雍地带与南朝诗歌关系之研究》第四章第三节。台湾大学中国文学研究所一九八七年博士论文。

第三章　南朝边塞诗的时空思维

边塞诗形成于南朝的说法，除了对文学史既有的结构产生强烈冲击外[①]，势必迫使南北朝文学的研究者思考几项关键性的问题：第一，南朝边塞诗作家的写作背景，究竟有无实际的战争生活经验？ 抑或是纯粹的想象之作？ 第二，南朝诗歌既以"山水""田园""咏物""宫体"的柔美、轻艳之风为主，那么"边塞诗"的出现究竟是一种和众体区隔出来的违逆潮流的突兀之作，还是有其南朝诗歌发展的脉理可寻？ 第三，南朝地处江南杏花烟雨之村，"边塞诗"却系以"长安""洛阳"为据点，向北推向塞外、瀚海，南朝诗人究竟如何跨越如此悬殊的时空差距，使诸多"边塞诗"掌控具体的空间座标？ 换句话说，北朝在空间上坐拥长安、洛阳，凭恃长城要塞，反而少见边塞诗作。南朝诗人究竟以何种思维方式，反而能够如此娴熟自在地秣马中原，用兵大漠。关于第一、二项问题，笔者已于前章加以讨论。本章的题旨则系针对第三项问题。

第一节　汉胡战争的历史板块

金陵立都，若自东晋建武元年（西元三一七）算起，历经宋（西元四二〇～

四七九)、齐(西元思七九～五〇二)、梁(西元五〇二～五五七)、陈(西元五五七～五八九)共计有两百七十二年②。涵盖的时间如此长远,按理应频频受到诗人品题咏颂。但是今考逯钦立《秦汉魏晋南北朝诗》,赫然发现在南朝诗作中,"金陵"之名居然只出现四次:

(1)王融《永明乐十首之九》:"总棹金陵渚,方驾玉山阿。"③

(2)谢朓《隋王鼓吹曲十首之四·入朝曲》:"江南佳丽地,金陵帝王州。"④

(3)梁武帝萧衍《上云乐七曲之七·金陵曲》:"金陵曲。"⑤

(4)沈约《长安有狭斜行》:"青槐金陵陌,丹毂贵游士。"⑥

其中萧衍的"金陵曲"系《上云乐》七首之一,而沈约的"青槐金陵陌"则是因为比附"长安"而惊鸿乍现的喻词。

反倒是距离南朝万里之遥的"长安"故都,居然出现达七十三次之多。其中最显眼的是以"长安"为据点进而驰骑出塞的边塞之作⑦:

剑骑何翩翩,长安五陵间。秦地天下枢,八方凑才贤。(袁淑·效曹子建白马篇·页一二一一)

陇树枯无色,沙草不长青。勒石燕然道,凯归长安亭。(孔稚珪·白马篇·页一四〇八)

夜闻南城汉使度,使我流泪忆长安。(释宝月·行路难,页一四八〇)

长驱入右地,轻举出楼兰。直去已垂涕,宁可望长安。(沈约·白马篇·

页一六一九）

长安美少年，羽骑暮连翩。玉羁玛瑙勒，金络珊瑚鞭。阵云横塞起，赤日下城圆。（何逊·学古诗三首之一·页一六九三）

闻有边烽急，飞候至长安。然诺窃自许，捐躯谅不难。（徐悱·白马篇·页一七七〇）

芒山眠洛邑，函谷望秦京。遥分承露掌，远见长安城。（刘孝威·出新林诗·页一八七七）

虫声绕春岸，月色思空闺。传语长安驿，辛苦寄辽西。（萧子晖·春宵诗·页一八八七）

月晕抱龙城，星流照马邑。长安路远书不还，宁知征人独伫立。（梁简文帝萧纲·陇西行三首之一·页一九〇五）

长安夜刺闺，胡骑白铜鞮。诏书发陇右，召募取关西。（戴嵩·从军行·页二〇九八）

塞云结不解，陇水冻无声。君看日近远，为忖长安城。（周弘正·答林法师诗·页二四六一）

"长安"系西汉盛世都城所在,象征着刘氏王朝文治武功的颠峰。事实上南朝边塞诗就是以长安为焦距而复制出来的大汉帝国拓边守疆的历史缩影。诗中的人名、地名均一一呈现了当年汉胡战役的时空架构:

(一)"汉将""嫖姚""李将军"等征战将领

胡兵屯蓟北,汉将起山西。故人轻百战,聊欲定三齐。(张正见·从军行·页二四七三)

拥旄为汉将,汗马出长城。长城地势险,万里与云平。(虞羲·咏霍将军北伐诗·页一六〇七)

骥子蹋且鸣,铁阵与云平。汉家嫖姚将,驰突匈奴庭。(孔稚珪·白马篇·页一四〇八)

朝驱左贤阵,夜薄休屠营。昔事前军幕,今逐嫖姚兵。(范云·仿古诗·页一五四七)

云中亭障羽檄惊,甘泉烽火通夜明。贰师将军新筑营,嫖姚校尉初出征。(梁简文帝萧纲·从军行二首之二·页一九〇四)

嫖姚,指汉将霍去病。汉书云其"以皇后姊子,年十八为侍中。善骑射,再从大将军。大将军受诏,予壮士,为嫖姚校尉","元狩二年春为嫖骑将军"⑧。

诇此倦游士，本家自辽东。昔隶李将军，十载事西戎。（袁淑·效古诗·页一二一一）

天山已半出，龙城无片云。汉世平如此，何用李将军？（吴均·战城南三首之二·页一七一九）

李将军，指李广。《史记·李将军列传》云："李将军广者，陇西成纪人也。"而李广之部属亦称其为"李将军"："尝夜从一骑出，从人田闲饮。还至霸陵亭，霸陵尉醉，呵止广。广骑曰：'故李将军'……"⑨

（二）"匈奴""单于"与"胡兵"的征伐标的

忽值胡关静，匈奴遂两分。天山已半出，龙城无片云。（吴均·战城南三首之二·页一七一九）

陌上何諠諠，匈奴围塞垣。黑云藏赵树，黄尘埋陇垠。（吴均·战城南三首之三·页一七二〇）

匈奴时未灭，连年被甲兵。明君思将帅，方听鼓鼙声。（裴子野·答张贞成皋诗·页一七九〇）

匈奴为中国北方之敌国。楚汉相争之际，其主冒顿拓展出强大的国势，而后形成汉代北方边患。《史记·匈奴列传》云："是时汉兵与项羽相距，中国罢于兵革,以故冒顿得自强,控弦之士三十余万""然至冒顿而匈奴最强大,尽服从北夷,而南与中国为敌国,其世传国官号乃可得而记云"。⑩

回山时阻路,绝水亟稽程。往年郅支服,今岁单于平。(梁简文帝萧纲·陇西行三首之三·页一九〇六)

悲笳动胡塞,高旗出汉墉……。单于如未系,终夜慕前踪。(梁简文帝萧纲·雁门太守行三首之三,页一九〇六)

匈奴称其天子为单于,谓其似天之广大。《汉书·文帝纪》颜师古注曰:"单于,匈奴天子之号也",《史记·匈奴列传》集解引《汉书音义》曰:"单于者,广大之貌,言其象天单于然。"⑪

回钗挂反环,拭泪绳春线。今夜月轮圆,胡兵必应战。(刘孝威·奉和湘东王应令诗二首之一春宵·页一八八一)

关山陵汉开,霜月正徘徊,映林如璧碎,侵塞似轮摧,楚师随晦尽,胡兵逐暖来。寒笳将夜鹊,相乱晚声哀。(阮卓·关山月·页二五六〇)

匈奴称"胡",与"汉"为对比,《汉书·匈奴传》云:"单于遣使遗汉书云:'南有大汉,北有强胡。胡者,天之骄子也……'"。胡兵指匈奴之兵,《史记·李将军列传》云:"匈奴大入上郡,天子使中贵人从广勒兵击匈奴……是时会暮,胡兵终怪之,不敢击。夜半时,胡兵亦以为汉有伏军于旁欲夜取之,胡皆引兵而去。"匈奴以游牧维生,北地寒冷,杀气早降,水草缺乏,故常于秋冬月圆时盗略大汉边地,《史记·匈奴列传》谓匈奴"各有分地,逐水草移徙""举事而候星月,月盛壮则攻战,月亏则退兵"⑫。此即刘孝威"今夜月轮圆,胡兵必应战",阮卓"霜月正徘徊""侵塞似轮摧"。

(三)"长城""边城"的战场线与"出塞"方式

长城非壑岭,峻岨似荆芽。(鲍照·还都至三山望石头城诗·页一二九二)

拥旄为汉将,汗马出长城。长城地势险,万里与云平。(虞羲·咏霍将军北伐诗·页一六〇七)

蓟门秋气清,飞将出长城。绝漠冲风急,交河夜月明。(刘峻·出塞·页一七五八)

阴山日不暮,长城风自凄。弓寒折锦鞚,马冻滑斜蹄。(戴嵩·从军行·页二〇九八)

血汗染龙花,胡鞍抱秋月。唯腾渥洼水,不饮长城窟。(张正见·君马黄二首之二·页二四七七)

秋草朔风惊,饮马出长城。群惊还怯饮,地险更宜行。(张正见·饮马长城窟行·页二四八一)

长城飞雪下,边关地籁吟。濛濛九天暗,霏霏千里深。(陈后主叔宝·雨雪曲·页二五〇八)

候骑指楼兰,长城迥路难。嘶从风处断,骨住水中寒。(祖孙登·紫骝马·页二五四三)

长城兵气寒,饮马讵为难。暂解青丝辔,行歌镂衢鞍。(江总·骢马驱·页二五七〇)

长城为秦汉与匈奴之国界。《史记·秦始皇本纪》:"北据河为塞,并阴山至辽东。"正义曰:"谓灵、夏、胜等州之北黄河。阴山在朔北塞外。从河傍阴山,东至辽东,筑长城为北界。"而《史记·匈奴列传》云:"孝文帝后两年,使使遗匈奴书曰:'皇帝敬问匈奴大单于无恙。……先帝制:长城以北,引弓之国,受命单于;长城以内,冠带之室,朕亦制之。……'"[13]

秋蝉噪柳燕棲楹,念君行役怨边城。(谢灵运·燕歌行·页一一五二)

中州木叶下,边城应早霜。(梁武帝萧衍·捣衣诗·页一五三四)

边城秋散来,寒乡春风晚。(柳恽·赠吴均诗三首之三·页一六七四)

追忆边城游,奚寻平生乐。(何逊·寄江州褚谘议诗·页一六八四)

朴本边城将,驰射灵关下。(吴均·边城将诗四首之二·页一七三八)

边城多紧急,节使满郊衢。(刘孝威·结客少年场行·页一八六九)

塞外无春色,边城有风霜。(武陵王萧纪·明君词·页一九〇〇)

寒苦春难觉,边城秋易知。(梁简文帝萧纲·雁门太守行三首之一·页一九〇六)

边城少灌木,折此自悲吟。(张正见·梅花落·页二四七九)

边城与明月,俱在关山头。(陆琼·关山月·页二五三七)

欲寄边城客,路远讵能持。(李爽·赋得芳树诗·页二五五五)

边城风雪至,游子自心悲。(江晖·雨雪曲·页二六〇五)

由汉代史书考之,所谓"边""塞""边塞"均指胡汉对峙的长城国界而言,边塞诗的背景也是环绕着与汉代长城有关的典故而来。

《史记·匈奴列传》:"其后汉方南诛两越,不击匈奴,匈奴亦不侵入边。"又云:"是时天子巡礼,至朔方,勒兵十八万骑以见武节,而使郭吉风告单于。"是用"边"者⑭。上列诗歌以寒冷的边城为背景,用战争为人事,指于胡汉边界之攻守。

北临出塞道，南望入乡津。（鲍照·送盛侍郎饯侯亭诗·页一二八九）

辎重一为虏，金刀何用盟。谁知出塞外，独有汉飞名。（王训·度关山·页一七一七）

沙平不见虏，嶂险还相及。出塞岂成歌，经川未遑汲。（梁简文帝萧纲·陇西行三首之一·页一九〇五）

岩间度月华，流彩映山斜。晕逐连城壁，轮随出塞车。（张正见·关山月·页二四七八）

还将出塞曲，仍共胡笳鸣。（陈后主叔宝·折杨柳二首之一·页二五〇五）

柳折城边树，梅舒岭外林。方知出塞虏，不惮武汉深。（贺彻·赋得长笛吐清气诗·页二五五四）

短萧应出塞，长笛反惊邻。（何胥·伤章公大将军诗·页二五五七）

《史记·匈奴列传》云"单于既约合亲，于是制诏御史曰：'匈奴大单于遗朕书，言和亲已定，亡人不足以益众广地，匈奴无入塞，汉无出塞，犯今约者杀之……'",则用"塞"指长城国界。上列诗歌正是描写将士出塞之各种丰姿与心情[15]。

(四)西北方要塞的"阴山""居延""玉门""祁连":

风断阴山树,雾失交河城。(范云·仿古诗·页一五四七)

从军出陇北,长望阴山云。(江淹·古意报袁功曹诗·页一五六二)

阴山日不著,长城风自凄。(戴嵩·从军行·页二〇九八)

由战国时代之赵国至秦代,沿阴山筑长城,与匈奴为界。汉初匈奴冒顿单于以阴山为蔽隐之处,在山中制造弓箭,出则寇害汉之边境;汉武帝派将征伐,排斥匈奴于漠北,夺取阴山之地,属于五原郡,始建塞徼亭隧等防御措施,派军驻守,边境因此得以稍加安定;匈奴痛失阴山要地,此后自漠北来寇时缺少隐蔽,每过阴山则痛哭。[16]

边城多紧急,节使满郊衢。居延箭簏尽,疏勒井泉枯。(刘孝威·结客少年场行·页一八六九)

居延属张掖郡,《汉书·地理志下》谓张掖郡有居延县,而居延泽在县之东北,古文以为流沙,都尉治;师古注曰:"阚骃云武帝使伏波将军路博德筑遮虏障于居延城";又《史记·匈奴列传》"使强弩都尉路博德筑居延泽上"注,正义引《括地志》云:"汉居延县故城在甘州张掖县东北一千五百三十里,有汉

遮虏鄣,强弩都尉路博德之所筑。李陵败,与士众期至遮虏鄣,即此也。长老
传云鄣北百八十里,直居延之西北,是李陵战地也。"《史记·李将军列传》云:
"还未到居延百余里,匈奴遮狭绝道,陵食乏而救兵不到,虏急击招降陵。陵
曰:'无面目报陛下。'遂降匈奴,其兵尽没,余亡散得归汉者四百余人。"刘孝
威"居延箭菔尽"即用陵事[17]。

危乱悉平荡,万里置关梁。成军入玉门,士女献壶浆。(鲍照·建除诗·
页一三〇〇)

黑云藏赵树,黄尘埋陇垠。天子羽书劳,将军在玉门。(吴均·战城南三
首之三·页一七二〇)

落叶时惊沫,移沙屡拥空。回头不见望,流水玉门东。(陈后主叔宝·陇
头水二首之二·页二五〇五)

此处指玉门关。玉门关为汉通往西域之门户,《汉书·西域传上》曰:"西
域以孝武时始通……东则接汉,阸以玉门、阳关","自玉门、阳关出西域有两
道,从鄯善傍南山北,波河西行至莎车,为南道;南道西踰焉岭则出大月氏、安
息。自车师前王廷随北山,波河西行至疏勒,为北道;北道西踰焉岭则出大
宛、康居、奄蔡焉"。汉武帝为阻止强敌匈奴与西域诸国、南羌、月氏联盟,因
此置河西四郡,开玉门关,派将校打通西域,切断匈奴右臂;匈奴失援远遁,因
而漠南无王庭。鲍照"成军入玉门",吴均"天子羽书劳,将军在玉门"即用贰
师将军破宛取其善马事[18]。

阵云横塞起,赤日下城圆。追兵待都护,烽火望祁连。(何逊·学古诗三首之一·页一六九三)

将车定朔边,刁斗出祁连。高柳横遥塞,长榆接远天。(张正见·星名从军诗·页二四九〇)

星旗映疏勒,云阵上祁连。战气今如此,从军复几年。(徐陵·关山月二首之一·页二五二五)

都尉出祁连,雨雪满鸡田……冰合军应度,楼寒烽未然。(陈暄·雨雪曲·页二五四三)

祁连山在匈奴之中,为汉将出击匈奴的目标之一。据《汉书·宣帝纪》:"匈奴数侵边。又西伐乌孙。乌孙昆弥及公主因国使者上书,言昆弥愿发国精兵击匈奴,唯天子哀怜,出兵以救公主。秋,大发兴调关东轻军锐卒,选郡国吏三百石伉健习骑射者,皆从军。御史大夫田广明为祁连将军……咸击匈奴。"应劭注曰:"祁连,匈奴中山名也。诸将分部,广明值此山,因以为号也。"《汉书·霍去病传》又云:"去病至祁连山,捕首虏甚多。"[19]

(五)西域征战点的"天山""楼兰""轮台""交河""疏勒"

忽值胡关静,匈奴遂两分。天山已半出,龙城无片云。(吴均·战城南·页一七二〇)

此心亦何已，君恩良未塞。不许跨天山，何由报皇德。（王僧孺·白马篇·页一七六〇）

杂雨冻旗竿，沙漠飞恒暗。天山积转寒，无因辞日逐。（张正见·雨雪曲·页二四七九）

食雪天山近，思归海路长。（刘删·赋得苏武诗·页二五四六）

据《汉书·武帝纪》"天山"注，晋灼曰："在西域，近蒲类国，去长安八千余里。"

又《史记·李将军列传》"祁连天山"注，索隐引《西河旧事》云"白山冬夏有雪，匈奴谓之天山也"[20]。

冰生肌里冷，风起骨中寒。……长驱入右地，轻举出楼兰。（沈约·白马篇·页一六一九）

召兵出细柳，转战向楼兰。……日没塞云起，风悲胡地寒。（徐悱·白马篇·页一七七〇）

甘泉警烽候，上谷抵楼兰。（徐悱·古意酬到长史溉登琅邪城诗·页一七七一）

顿取楼兰颈,就解邽支裘。(刘孝威·陇头水·页一八六六)

骢马出楼兰,一步九盘桓。(刘孝威·和王竟陵爱妾换马,页一八七二)

贰师惜善马,楼兰贪汉财。(梁简文帝萧纲·从军行二首之一·页一九〇四)

即今随御史,非复在楼兰。(张正见·君马黄二首之一·页二四七六)

候骑指楼兰,长城迥路难。嘶从风处断,骨住水中寒。(祖孙登·紫骝马·页二五四三)

楼兰为西域鄯善国本名。《汉书·西域传上》云:"鄯善国,本名楼兰,王治扜泥城,去阳关千六百里,去长安六千一百里……西北去都护治所千七百八十五里……""楼兰、姑师……攻劫汉使王恢等,又数为匈奴耳目,令其兵遮汉使……于是武帝遣从票侯赵破奴将属国骑及郡兵数万击姑师。王恢数为楼兰所苦,上令恢佐破奴将兵。破奴与轻骑七百人先至,虏楼兰王,遂破姑师,因暴兵威以动乌孙、大宛之属""楼兰国……后复为匈奴反间,数遮杀汉使……大将军霍光白遣平乐监傅介子往刺其王,介子轻将勇敢士……遂斩王尝归首,驰传诣阙,县首北阙下。封介子为义阳侯。乃立尉屠为王,更名其国为鄯善。"[20]

前年出右地,今岁讨轮台。鱼云望旗聚,龙沙随阵开。(梁简文帝萧纲·

从军行二首之一·页一九〇四）

陇狭朝声聚，风急暮行稀。虽弭轮台援，未解龙城围。（梁简文帝萧纲·赋得陇坻雁初飞诗·页一九五〇）

轮台亦为《汉书》所载西域国名。《汉书·张骞李广利传》"乌孙、轮台易苦汉使"，师古注曰"轮台亦国名"，又据《汉书·西域传下》云："轮台西于车师千余里。"[22]

寒沙四面平，飞雪千里惊。风断阴山树，雾失交河城。（范云·仿古诗·页一五四七）

浮天出鲲海，东马渡交河。雪萦九折嶝，风卷万里波。（沈约·从军行·页一六一五）

羽檄起边庭，烽火乱如萤。是时张博望，夜赴交河城。（吴均·入关·页一七二〇）

蓟门秋气清，飞将出长城。绝漠冲风急，交河夜月明。（刘峻·出塞·页一七五八）

肃条落野树，幽咽响流泉。瀚海波难息，交河冰未坚。（顾野王·陇头水·页二四六八）

惊风起嘶马,苦雾杂飞尘。投钱积石水,敛辔交河津。(陈后主叔宝·陇头·页二五〇五)

交河即西域车师前国交河城。《汉书·西域传下》:"车师前国,王治交河城。河水分流绕城下,故号交河。去长安八千一百五十里……"㉓

杂虏寇铜鍉,征役去三齐。扶山翦疏勒,傍海扫沉黎。(吴均·古意诗二首之一·页一七四七)

校尉开疏勒,将军定月氏。南通新息柱,北届武阳碑。(梁简文帝萧纲·和武帝宴诗二首之一·页一九三〇)

疏勒即西域疏勒国,在汉出西域北道上。《汉书·西域传上》:"疏勒国,王治疏勒城,去长安九千三百五十里。……"㉔

(六)"雁门""蓟北""玄菟"的东北方关隘要塞

远与君别者,乃至雁门关。(江淹·杂诗三十首之一古离别·页一五七〇)

水传洞庭远,风送雁门寒。(吴均·酬周参军诗·页一七三三)

箭衔雁门石,气振武安瓦。(吴均·边城将诗四首之二·页一七三八)

细柳生堂北,长风发雁门。(吴均·咏柳诗·页一七四九)

便闻雁门戍,结束事戎车。(褚翔·雁门太守行·页一八五八)

鴈门即雁门,属并州,为汉东北方边郡,与匈奴交界战地。详见《汉书·地理志》《汉书·匈奴传》[25]。

蓟北驰胡骑,城南接短兵。云屯两阵合,剑聚七星明。(张正见·战城南·页二四七六)

蓟北聊长望,黄昏心独愁。燕山对古刹,代郡隐城楼。(徐陵·出自蓟北门行,页二五二四)

辽西水冻春应少,蓟北鸿来路几千。愿君关山及早度,念妾桃李片时妍。(江总·闺怨篇·页二五九六)

蓟北即蓟县之北,蓟县为汉代幽州广阳国属县,故召公所封燕国之地,为汉代东北方要地。《汉书·周勃传》云:"燕王卢反,勃以相国代樊哙将,击下蓟",师古曰"即幽州蓟县也";《汉书·地理志下》云"广阳国……县四:蓟,方城,广阳,阴乡";又云"蓟,南通齐、赵、勃、碣之间一都会也",师古曰"蓟县,燕之所都也"[26]。

黄龙戍北花如锦,玄菟城前月似蛾。(梁元帝萧绎·燕歌行·页二〇三五)

直去黄龙外,斜趋玄菟端。(陈后主叔宝·紫骝马二首之二·页二五〇八)

玄菟为汉代东北边郡,属幽州,故为朝鲜地,武帝派将东伐朝鲜而置郡,以断匈奴之右臂。《汉书·韦贤传》云:"太仆王舜、中垒校尉刘歆议曰:'臣闻周室既衰,四夷并侵,猃狁最强,于今匈奴是也……及汉兴,冒顿始强,破东胡,禽月氏,并其土地,地广兵强,为中国害……孝武皇帝愍中国罢劳无安宁之时,乃遣大将军、骠骑、伏波、楼船之属,南灭百粤,起七郡;北攘匈奴,降昆邪十万之众,置五属国,起朔方,以夺其肥饶之地;东伐朝鲜,起玄菟、乐浪,以断匈奴之左臂;西伐大宛,并三十六国,结乌孙,起敦煌、酒泉、张掖,以鬲羌,裂匈奴之右肩。单于孤特,远遁于幕北。四垂无事,斥地远近,起十余郡……',"㉗。

第二节　南朝文士的北都依恋与京洛意象

南朝诗人在作品中不断出现汉代长安的语言现象,并不能视为单纯的"用典"。最关键的是南朝人士的时空思维事实上是根深蒂固地烙印着汉代京洛的图腾。梁元帝萧绎在担任丹阳尹面对建康地理形势时,仍旧沉陷在历史的回忆中:

东以赤山为成皋,南以长淮为伊洛,北以钟山为芒阜,西以大江为黄河,既变淮海为神州,亦即丹阳为京尹。㉘

根据《梁书》所载,萧绎为丹阳尹应在普通七年(西元五二六)左右㉙,距离东晋渡江已有两百多年,但是并未改变这种空间思维的方式。梁末王僧辩平定侯景之乱后奉表萧绎云:

旧郊已复,函洛已平。高奴、梁阳、公馆虽毁,浊河清渭,佳气犹存。㉚

侯景叛国建康,梁武帝及简文帝均为其逼害。此表系王僧辩称述建康城的情形。未见半株秦淮烟柳,举头皆为渭河川气,显然又是将建康和中原京路交叠的写照。简文帝在雍州刺史出镇襄阳期间,除了以《登城北望诗》将襄阳视为长安之外,在《答张缵谢示集书》亦将镇守襄阳想象成长城征戍:

伊昔三边,久留四战,胡雾连天,征旗拂日,时闻坞笛,遥听塞笳,或乡思凄然,或雄心愤薄。㉛

这段文字正与前文所引《登城北望诗》相互印证。江淹《诣建平王上书》亦有相同口吻:

方今圣历钦明,天下乐业。青云浮雒,荣光塞河。西洎临洮狄道,北距飞狐阳原,莫不浸仁沐义,照景饮醴而已。㉜

置身南朝,却以临洮狄道、飞狐阳原为界,当然也是座标北移的思维。徐陵《为始兴王让琅邪二郡太守表》亦云:

自甘泉通水,细柳屯兵。旁带戎臣,颇同疆场。言瞻汉草,遭日中州。遥望胡桑,已成边郡。[33]

此处琅邪当然指的是徐州琅邪,因为刘宋明帝时,淮北海寇[34],山东琅邪本不在南朝版图。但此处甘泉通水、细柳屯兵皆又是以长安为据点的推演图。

南朝人士这种长期援用北方时空术语的现象,的确不能单纯视为文人一贯炫博耀采"引经据典"的手法。"用典"的语意结构应该有适度"今""古"互喻的对等准则线[35]。可是南朝人士在使用这些术语时,往往随意取消今古界线。而形成一种时空错置的语调。究竟南朝人士为何会有这种奇特的时空思维?考察其时代背景,也许可以作如下三项推测:

(一)北都神州的意识依恋

南朝人士率多中原大姓渡江而来,难免残存昔日视江南为边陲地带的空间观。王鉴《劝元帝亲征杜疏》即云:

江南之地,盖九州之隅角,垂尽之余人耳。[36]

东晋元帝过江即位,初始尚有漂泊无根之感,对南方士族顾荣曰:"寄人国上,心常怀惭。"虽然顾荣诚挚地要其"王者以天下为家"[37]。可是过江诸人仍然常有"风景不殊,正自有山河之异"的感慨,念兹在兹的就是"勠力王室,

克复神州"㊳。所以桓温北伐进据洛阳,立刻有还都之议。《请还都洛阳疏》中即显示其故都情结:

> 若乃海运既徙,而鹏翼不举。水结根于南垂,废神州于龙漠,令五尺之童,掩口而叹息。夫先王经始,玄圣宅心,画为九州,制为九服,贵中区而内诸夏,诚以晷度自中,霜露惟均。冠冕万国,朝宗四海故也。㊴

另外其《辞参朝政疏》一文中更强烈反映个中重北轻南的成见:

> (臣)愿奋臂投身,造事中原者,实耻帝道皇居,反陋于东南,痛神华桑梓,遂埋于戎狄,若凭宗庙之灵,则云彻席卷,呼吸荡清,如当假息游魂,则臣据河洛,亲临二寇。㊵

刘裕攻入洛阳,也立刻有谒陵思远之举。傅亮《为宋公至洛阳谒五陵表》云:

> 臣裕言:近振旅河湄,扬旌西迈,将届旧京,威怀司、雍。㊶

均——显示南朝人士对北方旧京无法磨损的眷恋。这种对北方京洛的眷恋在几度功败垂成的北伐之役后,迫使南朝人士只能将建康都城所在的"扬州"视为昔日"神州"。沈怀文《扬州移治会稽议》即云:

> 周制封畿,汉置司隶……神州旧坏,历代相承。异于边州,或罢或置,既物情不说……扬州徙置,既乖民情,一州两格,尤失大体。㊷

沈怀文此议,显见南朝人士对神州体制的尊崇,以及将扬州等同神州的思维习惯。梁简文帝萧纲《让骠骑扬州刺史表》也是将扬州与神州并列:

窃以骠骑之官,既为上将,神州之重,实号中土。[43]

上文所论萧绎所云"既变淮海为神州,亦即丹阳为京尹"也是神州意识普遍存在的证据。

(二)侨州郡县的时空错置

《宋书·诸志总序》云:"自戎狄内侮,有晋东迁,中土移氓,播徙江外……莫不各树邦邑,思复旧并。"[44]《隋书·食货志》云:"元帝寓居江左,百姓之自拔南奔者,并谓之侨人。皆取旧坏之名,侨立郡县。"[45]侨州郡自东晋元帝创制以来,几乎成了南朝地方制度的特色之一。中间历经数次"土断"的措施,却始终无法贯彻朝廷旨意[46]。一直到入陈之后尚有陈文帝天嘉元年(西元五六〇年)的最后一次土断。换言之,终南朝之世,南朝人士必然会和这些"旧坏之名"共依存。使得早已陷落在北朝的山河故土依旧萦怀绕心。像王融《从武帝琅邪城讲武应诏诗》[47],谢朓《和江丞北戍琅邪城诗》[48],江孝嗣《北戍琅邪城诗》[49],徐悱《古意酬到长史溉登琅邪诗》[50],均系以"琅邪城"为题之作。但是刘宋明帝之后,南朝版图本未再及于淮北,故此处当非山东"琅邪"而系徐州琅邪。但是细观王融"治兵闻鲁策,训旅见周篇""愿陪玉銮右,一举扫燕然";谢朓"京洛多尘雾,淮济未安流";徐悱"甘泉警烽候,上谷抵楼兰""登陴起遐望,回首见长安""怀纪燕山石,思开函谷丸"的视野睥睨,俨然还是屹立北国琅邪的姿势。最有意思的是:隶属北方政治中心的"秦""雍"诸州郡,直到梁代,仍然在地方编制中[51]。这些州郡正是汉代京畿七郡(三辅、冯翊、扶风。三河:河南郡、河东郡、河内郡)之所在[52],也是北伐匈奴的据点,无怪乎南朝诗在边塞诗中使用起"长安"时熟络得恍若近在眉睫之前。

(三)天汉雄风的攀附[53]

南朝人士避居江隅,最大的愿望就是一如汉代盛世,挥兵中原。《南齐书·王融传》的一段记载最能表露这种心境:

永明末,世祖欲北伐。使毛惠秀画"汉武北伐图"。[54]

正说明了南朝人士如何在重要行仪中烙印着大漠长安的图腾。刘宋何承天《安边论》在北虏犯边之际,也立刻以汉朝对策自况:

汉世言备匈奴之策,不过二科。武夫尽征伐之谋,儒生讲和亲之约。[55]

南齐孔稚珪在面临北魏犯边时,亦援引汉朝之例:

匈奴为患,自古而然,虽三代智勇,两汉权奇,筹略之要,二涂而已。一则铁马风驰,奋威沙漠,二则轻车出使,通驿虏庭。[56]

王融则在萧赜北伐时上疏:

臣乞以执殳先迈,式道中原,澄澣渚之恒流,扫狼山之积雾,系单于之颈,屈左贤之膝……[57]

进一步探索南朝人士不仅在兵戎之事上攀附汉代,就连一般政事,亦常常惟汉马首是瞻。宋武帝刘裕《土断表》:"在汉西京,大迁田景之族,以实关中,即以三辅为乡间。"⑱宋文帝刘义隆《求贤诏》:"汉室之隆,亦资得人。"⑲谢庄《泰始元年改元大赦诏》:"所以业固盛汉,声溢隆周⋯⋯"⑳谢庄《所虏互市议》:"且汉文和亲,岂止彭阳之寇。武帝修约,不废马邑之谋。"㉑足见南朝人士不仅在空间上置身于北国京洛,在时间上也飞越时光,一味沉醉在汉代历史的光辉下。

第三节　其他诗作里的时空坐标

由以上资料可以看出:南朝边塞诗所建构的版图全部见载于《史记》《汉书》典范之中,并且根本是一个在时空坐标上完全远离自身江南的世界。按理说,这种缺乏现实基础的作品,应该无法生根久传。但是令人惊讶的是:一百多首不断反复传唱的旋律,历经宋、齐、梁、陈而不绝,又似乎证明这些作品适度反映着南朝人士特殊的时空思维。

最耐人寻味的是:南朝人士这种思维方式,并不只限于超现实的边塞诗作中,在具备着现实基础的作品中,也时常见其不经意地闪现在诗人的其他篇章之中:

谢朓的《晚登三山还望京邑》系其"余霞散成绮,澄江静如练"名句之所出㉒。诗开篇即云"灞涘望长安,河阳视京县",显然朓面对建康城时,长安灞水、河南洛阳的典故当即脱口而出㉓。其《暂使下都夜发新林至京邑赠西府同僚》系"大江流日夜,客心悲未央"名句之所出㉔,写其由荆州回京城之感怀。

当其"引领见京邑,宫雉正相望"遥见京城,也是用汉代宫殿的典故"金波丽鳷鹊,玉绳低建章"⑥。又《和徐都曹出新亭渚》"宛洛佳遨游,春色满皇州。结轸青郊路,回瞰沧江流",宛即南阳,洛为洛阳,仍然将新亭与南阳、洛阳比附⑥。甚至在其落地生根的《治宅》诗中也云"结宇夕阴街,荒途横久曲",夕阴街就在长安⑥,九曲在丹阳县北⑥,可见谢朓仍然将长安与丹阳作情不自禁的联系。梁简文帝《登城北望诗》亦颇值得推敲:

登楼传昔赋,出蓟表前闻。灞陵忽回首,河堤徒望军。兹焉聊回眺,极目杳难分。一水斜开岸,双城遥共云。⑥

此诗既然用王粲登楼的典故,当然是萧纲出镇襄阳时的作品。襄阳当时正是南北兵家必争之地,《梁书》云其:"在襄阳拜表北伐,遣长史柳津,司马董当门,壮武将军杜怀宝,镇远将军曹义宗等众军进讨……"⑦显然简文帝系将襄阳视为昔日汉代的长安,故有"灞陵忽回首""出蓟表前闻"之句。庾肩吾的《登城北望诗》若细按庾氏生平,应该就是在襄阳与萧纲唱和之作:

誓师屠六郡,登城望九峻。山沉黄雾里,地尽黑云中。霜戈曜珑日,哀笳断寒风。⑦

庾氏比简文帝更极尽想象之能事,萧纲系将襄阳想象成长安,庾氏则进一步由长安再想象成"山沉黄雾"的塞外沙场。

简文帝之弟萧绎,曾出镇荆州前后二十年之久。荆州在南朝时向为西陲重镇,据守长江上流⑫。萧绎初次卸任荆州出镇江州时,曾如此赋别荆州吏民

"寄言谢桀黠,无乃气干云。安知霸陵下,复有李将军"⑦,也是将荆州转换成长安的时空对调。沈约《登高望春诗》"登高眺京洛,街巷何纷纷。回首望长安,城阙郁盘桓"⑭,显然也是笼罩在北方故乡光影下的作品。刘孝威的《出新林诗》更是个中典型之作:"芝山眠洛邑,函谷望秦京。遥分承露掌,远见长安城。"⑮"新林"在建康西南。但见刘孝威一出新林,所遇皆为洛邑、函谷、长安的中原景物。何逊《车中见新林分别甚盛》为其闲居建康见新林离人分别之场面有感而作,诗云"金谷宾游盛,青门冠盖多。隔林望行幅,下阪听鸣珂",金谷在今洛阳县西北,因金水流经此谷而得名,晋代石崇尝筑园于此,常宴集宾客,世称金谷园⑯。何逊《临别联句》云"临别情多绪,送归涕如霰,君望长安城,予悲独不见",此诗系刘孺与何逊同时离开京城建康所作⑰,也是将建康比作长安。可见对中原京华的痴迷在南朝诗作中是极为普遍的现象。

更显目的是,萧纲、萧绎、庾肩吾、顾野王、阮卓、陈后主、徐陵、陈暄、萧贲、江总诸人均曾以乐府古题"长安道"抒发其对长安的神驰心仪⑱。试举萧纲、萧贲之作为例,以明其格局:

神皋开陇右,陆海实西秦。金槌抵长乐,复道向宜春。落花依度忆,垂柳拂行人。金张及许史,夜夜尚留宾。⑲

前登灞陵道,还瞻渭水流,城形类北斗,桥势似牵牛。飞轩驾良驷,宝剑杂轻裘。经过狭斜里,日暮与淹留。⑳

萧纲之作除描写长安掌控秦陇枢要的地理形势之外,兼又描述其繁华街景;萧贲之作则刻画其水色城形及冠盖形势。其他诸家之作也都对此古都充满悠然神往之情。若据汉武帝建元元年（西元一四○年）至陈政权结束为止（西元五八九）约略计算，长安对南朝的魅力竟达七百年而炽热不灭。[21]

---

①　传统史家基于"江左宫商发越，河朔辞义贞刚"的推理方式，往往将性属绮丽轻艳的山水、宫体、咏物诸作纳入南朝讨论的范畴。而刚劲豪迈的边塞一体则被归入北朝。然而边塞诗形成于南朝的说法，将证明唐诗中边塞一体亦源起于南朝。此看法与思维将使历来诸家对南北诗风二分法的研究方式做一番改变与调整。

②　案金陵立都可溯自三国孙权。史家论六朝尝以吴、东晋、宋、齐、梁、陈并称。但吴朝文学作品传世者不多，故文学史上讨论南朝通常未溯吴起算。东晋至陈立都建康。缘由始末详参刘淑芬《六朝的城市与社会》（台北：学生书局，一九九二年），页四三～八○。

③　引诗据逯钦立辑校《先秦汉魏南北朝诗》（台北：木铎出版社，一九八三年），页一三九三。

④　同前注，页一四一三。

⑤　同前注，页一五二四。

⑥　同前注，页一六一六。

⑦　以下所引例句，均据逯书，为明其眉目，直接将页码标出。

⑧　据《汉书·霍去病传》（台北：鼎文书局，一九八○年），页二四七八～二四七九。

⑨　据《史记·李将军列传》（台北：鼎文书局，一九八○年），页二八六七、二八七一。

⑩　见《汉书·文帝纪》版本同注八，页一三○；《史记·匈奴列传》，版本同注九，页二八八八。

⑪　《史记·匈奴列传》，版本同注九，页二八九○；《汉书·匈奴传下》，版本同注八，页三七九七。

⑫　据《汉书·匈奴传上》，版本同注八，页三七八○；《史记·李将军列传》，版本同注九，页二八六八～二八六九；《史记·匈奴列传》，版本同注九，页二八九一、二八九二。

⑬　版本同注九,前者于页二三九~二四一,后者于页二九〇二。

⑭　见《史记·匈奴列传》,版本同注九,页二九一二。

⑮　同前注,页二九〇三。而《汉书·匈奴传下》言及元帝以王嫱赐单于事:"单于欢喜,上书愿保塞上谷以西至敦煌,传之无穷,请罢边备塞吏卒,以休天子人民。天子令下有司议,议者皆以为便。郎中侯应习边事,以为不可许。……曰:'……臣闻北边塞至辽东,外有阴山……'对奏,天子有诏:'勿议罢边塞事'",则是用"边塞"指长城国界者;版本同注八,页三八〇三~三八〇五。

⑯　据《史记·匈奴列传》云战国时赵武陵王曾"筑长城,自代并阴山下,至高阙为塞"以拒胡;又谓秦始皇二十六年"北据河为塞,并阴山至辽东",正义云"谓灵、夏、胜等州之北黄河,阴山在朔州北塞外,从河傍阴山,东至辽东,筑长城为北界",始皇三十三年"西北斥逐匈奴,自榆中并河以东,属之阴山,以为四十四县,城河上为塞",集解引徐广曰:"在五原北";版本同注九,页二八八五、二三九~二四〇、二五三~二五四。又据《汉书·匈奴传下》汉元帝时,郎中侯应曰:"周秦以来,匈奴暴桀,寇侵边境,汉兴,尤被其害。臣闻北边塞至辽东,外有阴山,东西千余里,草木茂盛,多禽兽,本冒顿单于依阻其中,治作弓矢,来出为寇,是其苑囿也。至孝武世,出师征伐,斥夺此地,攘之于幕北。建塞徼,起亭隧,筑外城,设屯戍,以守之,然后边境得用少安。幕北地平,少草木,多大沙,匈奴来寇,少所蔽隐,从塞以南,径深山谷,往来差难。边长老言匈奴失阴山之后,过之未尝不哭也。如罢备塞戍卒,示夷狄之大利,不可一也",版本同注八,页三八〇三。

⑰　《汉书·地理志下》,版本同注八,页一六一三,《史记·匈奴列传》,同注九,页二九一六;《史记·李将军列传》,同注九,页二八八七七~二八八七八。

⑱　据《汉书·西域传上》,版本同注八,页三八七一~三八七二:同传赞曰:"孝武之世,图制匈奴,患其兼从西国,结党南羌,乃表河西,列四郡,开玉门,通西域,以断匈奴右臂,隔绝南羌、月氏。单于失援,由是远遁,而幕南无王庭",页三九二八。而据《史记·大宛列传》"盐泽"注,正义引《括地志》云:"玉门关在沙州寿昌县西六里",版本同注九,页三

一六〇～三一六一;同传"玉门"注,集解韦昭曰:"玉门关在龙勒界",索隐韦昭曰:"玉门,县名,在酒泉。又有玉关,在龙勒也",正义引《括地志》云:"沙州龙勒山在县南百六十五里,玉门关在县西北百一十八里",页三一七二。又《汉书·地理志下》酒泉郡玉门县注,师古曰:"骊云汉罢玉门关屯,徙其人于此",版本同注八,页一六一四;由此可知战时之"玉门"应指"玉门关"。另《汉书·李广利传》云:"贰师将军之东,诸所过小国闻宛破,皆使其子弟从入贡献,见天子,因为质焉。军还,入玉门者万余人,马千余匹。……天子……乃下诏曰:'匈奴为害久矣,今虽徙幕北,与旁国谋共要绝大月氏使,遮杀中郎将江、故雁门守攘。危须以西及大宛皆合约杀期门车令、中郎将朝及身毒国使,隔东西道。贰师将军广利征讨厥罪,伐胜大宛。……其封广利为海西侯,食邑八千户'",同上,页二七〇三。

⑲ 见《汉书·宣帝纪》,版本同注八,页二四三～二四四;《汉书·霍去病传》,同前,页二四八〇～二四八一。

⑳ 参《汉书·武帝纪》,版本同注八,页二〇三;又《汉书·匈奴传》,版本同注八,页三七七七。

㉑ 版本同注八,页三八七五～三八七八。

㉒ 见《汉书·李广利传》,版本同注八,页二七〇〇。《汉书·西域传下》,同前,页三九一三。

㉓ 见《汉书·西域传下》,版本同注八,页三九二一。

㉔ 见《汉书·西域传上》,版本同注八,页三八九八。

㉕ 见《汉书·地理志下》,版本同注八,页一六二一;《汉书·匈奴传上》,版本同注八,页三七五四、三七六六、三七六八、三七七七。

㉖ 见《汉书·周勃传》,版本同注八,页二〇五三;《汉书·地理志下》,版本同注八,页一六三四、一六五七。

㉗ 十七见《汉书·地理志下》:"玄菟郡,户四万五千六,口二十二万一千八百四十五。县三:高句骊,上殷台,西盖马。"应劭曰"故真番,朝鲜故国",版本同注八,页一六二六

~一六二七;又云"玄菟、乐浪,武帝时置,皆朝鲜、濊、貉、句骊蛮夷",同前,页一六五八。

又见《汉书·韦贤传》,同前,页三一二五~三一二六。

㉘ 萧绎(丹阳尹传序)。据《全上古三代秦汉三国六朝文》(大陆:中华书局,一九六九年),总页三〇五〇。

㉙ 《梁书·元帝本纪》,云"初为宁远将车,会稽太守,入为侍中,宣威将军,丹阳尹。普通七年,出为使持节,都督荆湘……"(台北:鼎文书局,一九八〇年),页一一三。

㉚ 同前注,页一二七。

㉛ 据张溥《汉魏六朝百三名家集·梁简文帝集》(台北:文津出版社,一九七九年),总页三三八三。

㉜ 据《全上古三代秦汉三国六朝文》(大陆:中华书局,一九八四年),总页三一六八。

㉝ 据《全上古三代秦汉三国六朝文》(大陆:中华书局,一九八四年),总页三四三七。

㉞ 《宋书·州郡志》(台北:鼎文书局,一九七〇年),页一〇四七。

㉟ 参梅祖麟、高友工:《唐诗的语意研究:隐喻与典故》,《中外文学》第四卷第七期(一九七五年,十二月),页一二三。

㊱ 同注三十二,总页二一九四。

㊲ 据余嘉锡《世说新语笺疏·言语第二》(台北:王记书坊,一九八四年),页九一~九二。

㊳ 同前注,页九二。

㊴ 同注三十二,总页二一三六。

㊵ 同注三十二,总页二一三七。

㊶ 同注三十二,总页二五七七。

㊷ 同注三十二,总页二六八四~二六八五。

㊸ 同注三十二,总页三〇〇一。

㊹ 引书版本为台北:鼎文书局,一九七〇年,页二〇五。

㊟　引书版本为台北:鼎文书局,一九八〇年,页六七三。

㊳　参王仲荦《魏晋南北朝史》(台北:坊间本),页三四六～三五一。

㊹　同注三,页一三九五。

㊺　同注三,页一四四四。

㊻　同注三,页一四七八。

㊼　同注三,页一七七一。

㊽　参严耕望《中国地方行政制度史·乙部·卷上·魏晋南北朝地方行政制度》(台北:中央研究院史语所专刊之四十五 B,一九六三年),页一～八五。

㊾　据《南齐书·州郡志》所载雍州侨郡仍有"扶风""冯翊""河南""弘农"诸郡,秦州则有"西扶风""京兆""冯翊"诸郡,皆为汉朝京畿郡名。见页二八二～二八三及二九七～二九八。

㊿　天汉者,汉人之自谓也。最早系萧何引古语云:"语曰'天汉',其称甚美",孟康曰"言地之有汉,若天之有河汉,名号休美",臣瓒曰"流俗语云'天汉',其言尝以汉配天,此美名也",师古曰"瓒说是也。天汉,河汉也"。见《汉书·萧何传》及集注,版本同注八,页二〇〇六～二〇〇七。

54　据《南齐书·王融传》(台北:鼎文书局,一九七〇年),页八二〇。

55　同前注,页一七〇五。

56　向前注,页八三八。

57　同前注,页八二一。

58　同注三十二,总页二四四七。

59　同注三十二,总页二四五五。

60　同注三十二,总页二六二六～二六二七。

61　同注三十二,总页二六二九。

62　同注三,页一四三〇。

○63 此典出王粲《七哀诗》"南发灞陵岸,回首望长安";又典出潘岳《河阳县诗》"引领望宗室,南路在伐柯。"此处据洪顺隆《谢宣城集校注》(台北中华书局,一九六九年),页三一七。

○64 同注三,页一四二六。

○65 《三辅黄图》:"甘泉苑,武帝置,苑中起宫殿楼阁百余所,有鸤鹊观",又"建章宫,在未央宫西,长安城外。"此处引书同注三,页一四二六。

○66 据洪顺隆《谢宣城集校注》(台北中华书局,一九六九年),页三五五~三五六。

○67 《三辅黄图》记载长安市街,谓"……有香室街、夕阴街、尚冠前街"(台北:世界书局,一九八四年),页一八~一九。

○68 据《读史方舆纪要·江南·镇江府·丹阳县》下云:"九曲河在县北,南接漕渠,北达大江,委蛇七十余里。"

○69 同注三,页一九五一。

○70 《梁书·简文帝本纪》(台北:鼎文书局,一九八○年),页一○九。

○71 同注三,页二○○一。

○72 荆州在南朝的政治、军事地位问题详参傅乐成《荆州与六朝政局》,《汉唐史论集》(台北:联经出版公司,一九八一年),页九三~一一五。

○73 语出《别荆州吏民诗二首之一》,同注三,页二○五六。

○74 同注三,页一六三三。

○75 同注三,页一八七七。

○76 《晋书·石崇传》云:"崇有别馆在河阳之金谷,一名梓泽……"(台北:鼎文书局,一九八○年),页一○○六。

○77 据李伯齐《何逊集校注》(山东:齐鲁书社,一九八九年),页一六九。

○78 据郭茂倩《乐府诗集·卷二十三·横吹曲辞》(台北:里仁书局,一九八四年),页三四三~三四五。

⑦⑨　同前注。

⑧⓪　同前注。

⑧①　此南朝诗人特殊空间思维方式的确立,使南朝边塞诗的研究完全跳出作者早期将边塞诗和诗人战争经验关连在一起的初步观察。详参笔者《荆雍地带与南朝诗歌关系之研究》第四章第三、四节。(台湾大学中国文学研究所一九八七年博士论文)

第四章　南朝边塞诗的类型

边塞诗形成于南朝的说法，一旦被放在南北朝诗歌既有的研究结构时，必然会给文学史家极大的冲击。因为若按照以往的思考模式：南方文人既然惯于赏玩山水，溺于宫廷游宴，当然举凡性属绮丽柔美的山水、宫体、咏物之作理当归属南朝，而北朝既然据城守关，民风质朴，所以边塞之作理当出自河朔①。这种简易的二分法给文学史家提供了解释诗歌流变极方便的骨架：唐代的边塞诗系融合南朝绮丽与北朝刚劲诗风而来。

一百三十多首出现于南朝的边塞诗，显然已经使得边塞诗形成于南朝的说法得到有力的支持②。这项说法除了改变文学史既定的结构之外，更令文学研究者必须重新定位南朝诗人的写作方式，及其经由纯粹想象思维而来的创造性的文学价值，进一步解释南朝边塞诗的风貌。本章拟就"边塞与闺怨间的脉络""游侠与边塞间的诗风交融""咏马及其他对边塞主题的推衍"三项主要类型，分析其特性及其与南朝诗歌潮流的关系。

第一节 边塞与闺怨间的脉络

其实早在梁天监之际,钟嵘就已领悟到"边塞"与"闺怨"之间隐约的脉络:

> 至于楚臣去境,汉妾辞宫,或骨横朔野,或魂逐飞蓬,或负戈外戍,杀气雄边、塞客衣单,孀闺泪尽……凡此种种,感荡心灵。非陈诗何以展其义,非长歌何以骋其情?③

稍早于钟嵘的江淹,在其千古传颂的《别赋》一文中,也曾注意到两者之间的盘根错节:

> 或乃边郡未和,负羽从车。辽水无极,雁山参云。闺中风暖,陌上草薰……④

显然这两位诗学大家非但早已感受到"边塞"这一类作品的存在,并且敏锐地谛听到边郡风云和深闺孀泪的千里和弦。李白的"长安一片月,万户捣衣声。秋风吹不尽,总是玉关情。何日平胡虏,良人罢远征"⑤篇短意长,神韵悠远,妙处尽在"捣衣声"、"玉关情"六字之中。而"捣衣"的母题,在南朝诗中此起彼落。谢惠连、颜竣、梁武帝、柳恽、王僧孺、费昶、僧正惠皆有直接以"捣衣"为题之诗⑥。其中以梁武帝之作最能营造"塞客衣单"的边城景致:

驾言易水北,送别河之阳。沉思惨行镳,结梦在空床。即寤丹绿谬,始知
纨素伤,中州木叶下,边城应早霜……捣以一匪石,文成双鸳鸯。制握断
金刀,薰用如兰芳。佳期久不归,持此寄寒乡……⑦

其他如梁简文帝的《秋闺夜思诗》:

非关长信别,讵是良人征……欲知妾不寐,城外捣衣声。⑧

梁元帝(寒闺诗):

池水浮明月,寒风送捣衣。愿织回文锦,因君寄武威。⑨

都是透过"捣衣"的动作,带出一片关外情怀。其他以闺怨之作牵引出来的塞
上之思遍拾皆是,将于底下详加讨论。可惜昭明太子编纂《文选》时,并未注
意到当时诗歌众体中此一异葩⑩,随后成书的《玉台新咏》又因系以"乐府"
"五言""七言"诸体分卷,也未及着意于此。所以使得南朝此一极重要的文
学讯息,一直未再引起系统性的解释与论述。⑪
　　南朝诗中直接以"闺怨"为题的作品计有十七首⑫,如下表所示:

人名	诗题名	引用书页数
何逊	和萧谘议岑离闺怨诗	页一六九三
	闺怨二首	页一七〇九
吴均	闺怨诗	页一七四六
王僧孺	秋闺怨诗	页一七六七
陆罩	闺怨诗	页一七七七

人名	诗题名	引用书页数
吴孜	春闺怨	页一八五九
刘孝仪	闺怨诗	页一八九四
邵陵王萧纶	代秋胡闺怨诗	页二〇二八
梁元帝萧绎	闺怨诗	页二〇五一
阴铿	秋闺怨诗	页二四五七
张正见	山家闺怨诗	页二四八九
李爽	山家闺怨诗	页二五五六
江总	赋得空闺怨诗	页二五九〇
	闺怨篇	页二五九六
吴思玄	闺怨诗	页二六〇七

尚有以"闺情"为题者：

梁简文帝萧纲	春闺情诗	页一九五二
王筠	向晓闺情诗	页二〇一八
	闺情诗	页二〇二一

以"春闺"为题者：

王僧孺	春闺有怨诗	页一七六七
萧子显	春闺思诗	页一八一九
梁简文帝萧纲	春闺情诗	页一九五二

以"秋闺"为题者：

刘邈	秋闺诗	页一八九〇
梁简文帝萧纲	秋闺夜思诗	页一九四〇
庚丹	秋闺有望诗	页二一〇一

以"寒闺"为题者：

刘缓	寒闺		页一八四八
梁简文帝	寒闺诗		页一九八九
鲍泉	寒闺诗		页二〇二八
梁元帝萧绎	寒闺诗		页二〇五四

观察以上作品,大略可分为三类:(一)良人从军远征。(二)良人游宦经商。(三)良人爱移、离弃不顾⑬。其中与"边塞诗"相互关联的当然属于第一类。以江总《闺怨篇》最能代表此类风格:

寂寂青楼大道边,纷纷白雪绮窗前。池上鸳鸯不独自,帐中苏合还空然。
屏风有意障明月,灯火无情照独眠。辽西水冻春应少,蓟北鸿来路几千。
愿君关山及早度,念妾桃李片时妍。⑭

诗中"绮窗""鸳鸯""苏合""屏风"的闺阁诸物对照出"辽西""蓟北""关山"的水冻天寒,最能吻合缪文杰对"边塞诗"的意象条件⑮。

但是此处必须特别注意的是:直接以"闺怨""春闺""秋闺""寒闺"为名的作品,大部分还是以丈夫、情人游宦经商不归或爱移、遗弃不顾这两类为主:真正完成"闺怨"与"边塞"两类相融的作品,事实上大部分反倒是散见于诸多有闺怨之实而无闺怨之名的诗篇中。

将"闺怨"与"边塞"联系在一起,但又不直接以"闺怨"名篇的作品非但不少,并且源远流长。刘宋时期王微的《杂诗二首》就已首开其端:

桑妾独何怀,倾筐未盈把。自言悲苦多,排却不肯舍。妾悲讵陈述,填忧不销冶,寒雁归所从,半涂失凭假。壮情拆驱驰,猛气捍朝社。常怀云汉渐,常欲复周雅。重名好铭勒,轻躯愿图写。万里度沙漠,悬师蹈朔野。传闻兵失利,不见来归者。奚处埋旌麾?何处丧车马?拊心悼恭人,零泪覆面下。徒谓久别离,不见长孤寡。寂寂掩高门,寥寥空广厦。待君竟不归,收颜今就杠。⑯

思妇临高台,长想凭华轩。弄弦不成曲,哀歌送苦言。箕帚留江介,良人处雁门。讵忆无衣苦,但知狐白温。日暗牛羊下,野雀满空园。孟冬寒风起,东壁正中昏。朱火独照人,抱景自愁怨。谁知心思乱,所思不可论⑰。

虽然王微之作边塞风云仅得昙花一现,但此调一开,而后则战鼓、胡笳频频入梦矣!鲍照《拟行路难之十二》:"今年阳初花满林,明年冬末雪盈岑。推移代谢纷交转,我君边戍独稽沉。"⑱《拟古诗八首之七》:"河畔草未黄,胡雁已矫翼。秋蛩挟户吟,寒妇成夜织。去岁征人还,流传旧相识。闻君上陇时,东望久叹息。"⑲吴迈远《长相思》:"晨有行路客,依依造门端。人马风尘色,知从何塞还。"⑳萧衍《古意二首之一》:"既悲征役久,偏伤垅上儿。寄言闺中妾,此心讵能知。"㉑吴均《采莲曲》:"辽西三千里,欲寄无因缘。愿君早旋返,及此荷花鲜。"㉒吴均《和萧洗马子显古意诗六首之四》:"何处报君书,陇右五歧路。"㉓王僧孺《春怨诗》:"君去在榆关,妾留住函谷。"㉔也均在篇章之中错落着闺暖塞寒的惆怅。有些作品则已通篇紧密回荡着闺怨与边塞的两条主线:

冬晓风正寒,偏念客衣单。临妆罢铅黛,含泪剪绫纨。寄语龙城下,讵知

书信难。㉕(刘孝绰奉和湘东王应令诗二首之一·冬晓)

塞客衣单,裁衣远寄龙城,是典型之作。刘孝威亦有同样性质的作品:

花开人不归,节暖衣须变。回钗挂反环,拭泪绳春线。今夜月轮圆,胡兵必应战。㉖(奉和湘东王应令诗二首之一·春宵)

妾家边洛城,惯识晓钟声。钟声犹未尽,汉使报应行。天寒砚冰冻,心悲书不成。㉗(奉和湘东王应令诗二首之二·冬晓)

花开春已回,偏偏征人不回。拭泪缝春衣,举头望月,却又担心月圆之夜反而适合胡兵犯边。短短三十字曲折悲切,已启唐人边塞神韵。第二首写思妇寒夜不眠,欲书寄远,却无法落笔的心境,亦寒气逼人。武陵王萧纪亦有《闺妾寄征人》二十字:

敛色金星聚,萦悲玉筋流。愿君看海气,忆妾上高楼。㉘

美人泪眼盈眶之际,突然寄望征人在塞外可以看到海市蜃楼,因而借此想起倚楼企盼的闺中之人征战生离之苦,不言而喻矣。萧纲的《倡妇怨情诗十二韵》则是此类作品中之翘楚:

绮窗临画阁,飞阁绕长廊。风散同心草,月送可怜光。仿佛帘中出,妖丽特非常。耻学秦罗髻,羞为楼上桩。散诞披红帔,生情新约黄。斜灯入锦帐,微烟出玉床。六安双玳瑁,入幅两鸳鸯。犹是别时许,留致解心伤。含涕坐度日,俄顷变炎凉,玉关驱夜雪,金气落严霜。飞狐驿使断,交河川路长。荡子无消息,朱唇徒自香。㉙

全诗先用"绮窗""画阁""长廊"将佳人居处背景先缓缓托出,微风吹播着同心草的娇香,月色穿阁入窗俯照成凄迷可怜爱的光晕,一位梳着比当年秦罗敷的发髻更出色的佳人就这样伫坐空楼凝睇卸妆,披上红色的披衣,轻扑黄色的粉黛,身旁寂寞地摆着六面镶印着玳瑁的双枕及八幅宽的鸳鸯被。如此旖旎的贴身之物本为伊人临别所赠,希望借此稍解离情。未想愈发睹物思人。——伊人现在正置身于玉门关的雪夜之中,四周尽是肃杀寒霜之气,连飞狐塞的驿使都已久不见踪迹,交河的路也愈发显得逢远令人绝望了。伊人既无消息"朱唇徒自伤",涂抹得艳红的朱唇也只有在漆夜中,寂寂暗淡下去。将如此旖旎的闺阁与寒霜严逼下的塞外叠合在一起所激荡出来的美感,的确为南朝诗开拓了新的美学领域㉚,其他佳篇有:

朝望清波道,夜上白登台。月中含桂树,流影自徘徊。寒沙逐风起,春花犯雪开。夜长无与晤,衣单为谁裁?㉛(梁元帝萧绎·关山月)

贱妾有所思,良人久征戍,笳鸣塞城表,花开落芳树。白登澄月色,黄龙起烟雾。还闻雉子斑,非复长征赋。㉜(顾野王·有所思)

深闺久离别,积怨转生愁。徒思裂帛雁,空上望归楼。看花忆塞草,对月想边秋。㉝(张正见·有所思)

长相思，久相忆，关山征戍何时极。望风云，绝音息，上书林不归，回纹徒自织。羞将别后面，还似初相识。㉞（陈后主叔宝·长相思二首之一）

长相思，望归难，传闻奉诏戍皋兰。龙城远，雁门寒，愁来瘦转剧，衣带自然宽。念君今不见，谁为抱腰看。㉟（徐陵·长相思二首之一）

长相思，好春节。梦里恒啼悲不泄。帐中起，窗前髻，柳絮飞还聚，游丝断复结。欲见洛阳花，如君陇头雪。㊱（徐陵·长相思二首之二）

长相思，久离别，新燕参差条可结。壶关还，雁书绝，对云恒忆阵，看花复愁雪。犹有望归心，流黄未剪裁。㊲（萧淳·长相思）

边城与明月，俱在关山头。烽烽望别垒，击斗宿危楼。团团婕妤扇，纤纤秦女钩。乡园谁共此，愁人屡益愁。㊳（陆琼·关山月）

行行春逐蘼芜绿，织素那复解琴心。乍惬南阶悲绿草，谁堪东陌怨黄金。红颜素月俱三五，夫婿何在今追虏，关山陇月春雪冰，谁见人啼花照户？㊴
（江总·杂曲三首之一）

以上所论列的作品，其叙述的角度皆由女子的观点出发，正是所谓"闺妇思君"的"闺怨"之作。但是与这类作品并行发展的尚有一系列无论在场景、事件、色调气氛几近相同的"征夫怨边"之作，所不同的只是叙述的角度转由塞外男子抒发而已⑩。这类作品的分辨也无法单就诗题下手，像江淹之作，名为《征怨诗》，但细究其意，其笔触仍以女子盼君早归为重点：

> 荡子从征久，凤楼箫管闲。独枕凋云鬓，孤灯损玉颜。何日边尘静，庭前
> 征马还。⑪

唐人诗集虽然也偶见《征妇怨》《征人怨》的名目⑫，但许多这类作品中的极品大都是有其实而无其名。李白的"长安一片月，万户捣衣声"，系用《子夜吴歌》之名⑬。李益虽有一篇《征人歌》⑭，但论其千古传诵，绝对不如《夜上受降城闻笛》"回乐烽前沙似雪，受降城下月如霜。不知何处吹芦笛，一夜征人尽望乡"⑮的征人。南朝边塞诗的发展上尚在形成阶段，其边塞之作大都用乐府古题写作，更不会在诗题泾分君妾，但在篇章之间则同中有异矣。鲍照《拟行路难》第十二首系由闺妇观点抒发：

> 今年阳初花满林，明年冬末雪盈岑。推移代谢纷交转，我军边戍独稽沉
> ……膏沐芳余久不御，蓬首乱鬓不设簪。⑯

这俨然是"自伯之东，首如飞蓬。岂无膏沐，谁适为容"的翻版。可是第十三首则转为征夫之歌："春禽喈喈旦暮鸣，最伤君子忧思情。我初辞家从军侨，荣志溢气干气霄"⑰。第十四首则更是一首激切的征怨典范之作：

> 君不见少壮从军去，白首流离不得还。故乡窅窅日夜隔，音尘断绝阻河
> 关。朔风萧条白云飞，胡笳哀急边气寒。听此愁人兮奈何，登山远望得

留颜。将死胡马迹,宁见妻子难。男儿生世坎坷欲何道,绵忧摧抑起长
叹。⁴⁸

南齐释宝月的《行路难》显然就是脱胎于此:

君不见孤雁关外发,酸嘶度扬越。空城客子心肠断,幽闺思妇气欲绝。
凝霜夜下拂罗衣,浮云中断开明月。夜夜遥遥徒相思,年年望望情不歇。
寄我匣中青铜镜,倩人为君除白发。行路难,行路难。夜闻南城汉使度,
使我流泪忆长安。⁴⁹

吴兢《乐府古题要解》云:《行路难》"备言世路艰难及离别悲伤之意"⁵⁰,
原只是泛指世路艰难,未料鲍照、释宝月却将世路指向沙尘漫天的塞外,以
"征怨"的题材将母题发挥得如此酣畅淋漓。

"闺怨"与"征怨"虽然系出同门,相依相存,但其场景比重乃有些微不同。
若由"闺怨"写来,则闺阁家园之景为实写,而边塞之事物皆为臆测推想之
语⁵¹;若由"征怨"出发,则瀚漠沙场皆为眼前亲临之境,而佳人家园为遥企之
思。试看陈后主的代表作《陇头》:

陇头征戍客,寒多不识春。惊风起嘶马,苦雾杂飞尘。投钱积石水,敛辔
交河津。四面夕冰合,万里望佳人。⁵²

若将陈后主此诗和前文所论萧纲《倡妇怨情诗十二韵》比对,可以发现"闺
怨"与"征怨"的微妙分野。《倡妇怨情诗十二韵》用十分之六七的笔墨烘托

闺楼柔腻旖旎的气氛,而后边塞萧飒寒意刺窗而入,形成温暖与凄冷的对比;陈后主的《陇头》则用八分气力先铺排沙场景象,陇头征人历经寒冬,早已忘却春天的面貌。反倒是战马在寒风中面对弥天夹杂着飞尘的浓雾中频频惊嘶。征人勒紧马缰,四顾苍茫,但见冰雪封路,才猛然想起家园中的家人。极寒冷处就会因为生命的韧性燃烧起心中温暖的火花来,是边塞诗特殊的美学结构。陈后主此篇足可与萧纲《怨情》前后呼应。陈后主另一首《关山月》意境与此极为相似:

> 戍边岁月久,恒悲望舒耀。城遥接晕高,涧风连影摇。寒光带岫徙,冷色含山峭。看时使人忆,为似娇娥照。㉝

开头先写久戍边城的怅望之情。再写远处的城堡四顾寂寥空无一物,唯有天空孤高的月晕笼罩上头,山谷的夜风晃动着森然的黑影,黑夜中闪现的光芒顺着山峰的线条浮雕着明暗相间的轮廓,冰冷的月色包围住陡峭的山壁。最后又回笔遥忆起家园中的佳人来。陈后主是荒诞亡国之君,不但不见容于史家,亦屡屡为诗家所讥刺。但偏偏在边塞诗上有令人耳目一新的佳作。其他几首也足堪品鉴:

> 长条黄复绿,垂丝密且繁。花落幽人径,步隐将车屯。谷暗宵钲响,风高夜笛喧。聊持暂攀折,空足忆中园。㉞(折杨柳二首之二)

> 秋月上中天,迥照关城前。晕缺随灰灭,光满应珠圆。带树还添桂,街峰乍似弦。复教征戍客,长怨久连翩。㉟(关山月二首之一)

长城飞雪下,边关地籁吟。濛濛九天暗,霏霏千里深。树冷月恒少,山雾日偏沈。况听南归雁,切思胡笳音。⑤⑥（雨宫曲）

当然陈后主"征怨"诗的艺术成就并非一蹴而成,才非异峰突起。自鲍照、释宝月之后,这类作品一直在发展中。简文帝萧纲的《赋得陇坻雁初飞》也是承先启后之作:

高翔悼阔海,下去怯虞机。雾暗早相失,沙明还共飞。陇狭朝声聚,风急暮行稀。虽弭轮台援,未解龙城围。相思不得返,且寄别书归。⑤⑦

此诗借"雁"喻征人征战之苦。高飞则天涯无际,低翔则处处危机。"雾暗""沙明""陇狭""风急"皆为沙场景物。"虽弭轮台援,未解龙城围",战火此落彼起,连天不息,只得寄书怀远矣。褚翔则以《雁门太守行》的乐府古题试弹此调:

三月杨花合,四月麦秋初。幽州寒食罢,郑国采桑疏。便开雁门戍,结束事戎车。去岁无霜雪,今年有闰余。月如弦上弩,星类水中鱼。戎车攻日逐,燕骑荡康居。大宛归善马,小月送降书。寄语闺中妾,勿怨寒床虚。⑤⑧

其他诸家之作,仅列举其要以明其演变脉络。未收入本论文正文中论述者,将与闺怨边塞类一并列于文后附表中:

鹊飞空绕树，月轮殊未圆。嫦娥望不出，桂枝犹隐残。落照移楼影，浮光动堑澜。橙马悲笳吹，城乌啼塞寒。传闻机杼妾，愁余衣服单。当秋络已脉，衔啼织复难。敛眉虽不乐，舞剑强为欢。请谢函关吏，行当封泥丸。[59]（刘孝威·侍宴赋得龙沙宵月明诗）

候骑指楼兰，长城迥路难。嘶从风处断，骨住水中寒。飞尘暗金勒，落泪洒银鞍。抽鞭上关路，谁念客衣单。[60]（祖孙登·赋得紫骝马诗）

重关敛暮烟，明月下秋前。照石疑分镜。临弓似引弦。雾暗迷旗影，霜浓湿剑莲。此处离乡客，遥心万里悬。[61]（贺力牧·关山月）

胡关辛苦地，雪路远漫漫。含冰踏马足，杂雨冻旗竿。沙漠飞恒暗，天山积转寒。无因辞日逐，团扇掩齐纨。[62]（张正见·雨雪曲）

“闺怨”与“征怨”是南朝边塞诗发展的二重奏。两者有时丝竹分明，有时则管弦合鸣。真正将其汇聚一室，作一次完美演出的，当以《燕歌行》系列为压轴戏码。

《燕歌行》据《乐府诗集》收录，计有曹丕二首、曹睿一首；晋陆机，宋谢灵运；梁元帝萧绎、萧子显、王褒、庾信；唐高适、贾至、陶翰各一首[63]。高适之作，即为“校尉羽书飞翰海，单于猎火照狼山”“大漠穷秋塞草衰，孤城落日斗兵稀”“少妇城南欲断肠，征人蓟北空回首”的唐人边塞名篇巨作。高适之作虽极力描写战场苍茫之景，仍不忘穿插“城南少妇、蓟北征人”的场景，就是因为继承了《燕歌行》的"闺怨"传统旋律。吴兢《乐府古题要解》点评《燕歌行》即云：

> 言时序迁换，而行役不归，佳人怨旷，无所诉也。[64]

考曹丕之作，的确是一首单纯的"闺怨"诗：

> 秋风萧瑟天气凉，草木摇落露为霜。群燕辞归鹄南翔，念君客游多思肠。
> 慊慊思归恋故乡，君何淹留寄他方。贱妾茕茕守空房，忧来思君不敢忘。
> 不觉泪下沾衣裳，援瑟鸣弦发清商。短歌微吟不能长，明月皎皎照我床。
> 星汉西流夜未央，牵牛织女遥相望。尔独何辜限河梁。

这种色调历经曹睿、陆机、谢灵运、谢惠连均无太大改变，大都只是泛泛感怀"念君远游恒苦悲"（陆机）"念君行役怨边城"（谢灵运）"念君客游羁思盈"（谢惠连）。但是到了梁元帝手中，"边城"的泛称就具体地升格为边塞实称：

> 燕赵佳人本自多，辽东少妇学春歌。黄龙戍北花如锦，玄菟城前月似蛾。

梁元帝的《燕歌行》虽然为曹丕、谢灵运以来的"边城"找到边塞地名的具体坐标，大致还是沿承着"行役不归，佳人怨旷"的叙事立场：迟闻入汉去燕营，怨妾愁心石恨生""沙汀夜鹤啸羁雌，妾心无趣坐伤离"均未脱离"佳人怨旷"的口吻。萧子显的《燕歌行》也和梁元帝之作出入不大："洛阳梨花落如雪，河边细草细如茵。相生井庭叶交枝，今看无端双燕离。"在一片春色宜人之际带出"遥看白马津上吏,传道黄龙征戍儿"的警讯,最后的结局仍是回到"夜梦征人缝狐貉,私怜织妇裁锦绯"织衣寄远的主轴。

真正将《燕歌行》再大转折一番的则是王褒的杰作:

初春丽日莺欲娇,桃花流水没河桥。蔷薇花开百重叶,杨柳拂地散千条。陇西将军号都护,楼兰校尉称嫖姚。自从昔别春燕分,经年一去不相闻。无复汉地长安月,唯有漠此蓟城云。淮南桂中明月影,流黄机上织成文。充国行军屡筑营,阳史讨虏陷平城。城下风多能却阵,沙中雪浅讵停兵。属国少妇犹年少,羽林轻骑数征行。遥闻陌头采桑曲,犹胜边地胡笳声。胡笳向暮使人泣,还使闺中空伫立。桃花落,杏花舒,桐生井底寒叶疏。试为来看上林雁,必有遥寄陇头书。

王褒之作除了用"陇西将军""楼兰校尉""关山月""蓟城云"的地名具象化了边塞时空感之外,最重要的是不着痕迹地将闺妇与征夫的口吻交错运用,使得与"闺怨"与"征怨"两种原本尚有刚柔分弦的旋律成了浑圆的二重奏。诗中先用"无复汉地长安月,唯有漠北蓟城云""城下风多能却阵,沙中雪浅讵停兵"标示着叙事者的立足点系置身在蓟北沙阵之中,是"征怨"之作。

"桃花落,杏花舒。桐生井底寒叶疏。试为来看上林雁,必有遥寄陇头书"是又从思妇发抒,是"闺怨"之曲,全篇二十句时而征人怨边,时而闺人思君,此唱彼和,使得边塞诗中空间意象转化的幅度能大起大落。这也是造成边塞特殊美感的条件之一。庾信之作也有此异曲同工之妙:

代北云气书昏昏,千里飞蓬无复根。寒雁丁丁渡辽水,桑叶纷纷落蓟门。

晋阳山头无箭竹,疏勒城中乏水源。属国征戍久离居,阳关音信绝能疏。

愿得鲁连飞一箭,持寄思归燕将书。渡辽本自有将军,寒风萧萧生水纹。

妾惊甘泉足烽火,君讶渔阳少阵云。自从将军出细柳,荡子空床难独守。

盘龙明镜饷秦嘉,辟恶生香寄韩寿。春分燕来能几日,二月蚕眠不复久。

洛阳游丝百丈连,黄河春冰千片穿。桃花颜色好如马,榆荚新开巧似钱。

蒲桃一杯千日醉,无事九转学神仙,定取金丹作几服,能令华表得千年。

前段一开始就用上"代北云气""千里飞蓬""辽水寒雁""蓟门落桑""晋阳箭竹""疏勒水源"将全诗笼罩在一片沙场风云之中。"愿得鲁连飞一箭,持寄思归燕将书。渡辽本自有将军,寒风萧萧生水纹"显然是替困战守将发言的"征怨":"自从将军出细柳,荡子空床难独守"显然又将镜头移至闺中思妇。"洛阳游丝百丈连,黄河春冰千片穿。桃花颜色好如马,榆荚新开巧似钱",大地回春,榆桃色新,当然是闺妇望边的心情。

就是由于历来诸家巧于利用《燕歌行》的题旨,推陈出新吹纳百川风云,使得唐人高适《燕歌行》在狼山猎火、大漠穷秋的苍茫奔腾之际,仍然能浑圆地闪现着"少妇城南欲断肠,征人蓟北空回首"的哀婉凄清。使边塞诗一直保持刚柔并济的美学风格。南朝由闺怨、征怨交织而成的边塞之作为数不少。但有《燕歌行》的篇章,犹若百狱之有玉山也。

南朝地属江淮,远隔长城,偏偏出现诸多边塞之作,北朝盘据关涵、近临边塞,除由梁入北之文人,庾信、王褒诸家之作外,几无一篇边塞之作,已是违背常理之事。而南朝边塞又由闺阁少妇怨边、征人思乡之作展而来,当更令人讶异。但是最具文学史或文学理论研究价值的是:无论是"闺怨"或是"征怨",诸多作品均未离当时贵游文学的唱和系统。换言之:边塞诗和南朝一贯柔美轻艳的诗风非但毫无抵触并且就是源出于此。《周书·王褒传》尝云：

> 褒曾作《燕歌行》，妙尽关塞寒苦之状，元帝及诸文士并和之，而竞为凄切之词。[65]

这一段史料有两项意义（一）王褒写作此篇时，元帝尚立都于江陵，萧梁尚未为西魏所亡。所以王褒此作绝对成篇于南朝，非其入北之后。（二）据此推测萧绎、庾信此一系列作品非但成于南朝，并且皆为贵游唱和篇章。[66]

又前所论到刘孝绰、刘孝威《春宵》《冬晓》之作，亦皆为唱和之作。考诸史籍，这一系列作品计有：

（一）梁简文帝《和湘东王三韵诗二首·春宵、冬晓》[67]

（二）刘孝绰《奉和湘东王应令诗二首·春宵、冬晓》[68]

（三）刘孝威《奉和湘东王应令诗二首·春宵、冬晓》[69]

（四）庾肩吾《奉和湘东王应令诗二首·春宵、冬晓》[70]

其中简文帝的作品纯从宫体闺情落笔，未一语及关塞。《春宵》："花树含春丛，罗帷夜长空。风声随筱韵，月色与池同。彩蜷徒自襞，无信往云中。"《冬晓》："冬朝日照梁，含怨下前床。帷褰竹叶带，镜转菱花光。会是无人见，何用早红妆。"但是刘孝绰的《冬晓》，刘孝威的《春宵》《冬晓》，庾肩吾的《春宵》皆分别往"闺怨""征怨"铺演。可见诸多边塞诗的写作场合并非一定要慷慨悲歌，誓师北伐。《春宵》《冬晓》的日常写法既已被人捷足先登，欲别出心裁，往边塞遥阔之境臆想，往往可以巧得新思。前文所说简文帝《赋得陇坻雁初飞》，刘孝威《侍宴赋得龙沙宵月明诗》，祖孙登《赋得紫骝马》，也皆由题目上推知其在宫廷唱和即席应题抡笔的情境[71]。其他作品虽无直接"奉和"

"赋得"之名,但也率皆为依据汉魏乐府古乐的拟代之作⑫,大多不脱其静态模拟的格调。

边塞诗的形成,居然如此吊诡地与南朝饱受讥评的轻风艳骨纠结在一起,非但丝毫无损其价值,反而更可以证明《文心雕龙·神思篇》所云:

> 故寂然凝虑,思接千载,悄焉动容,视通千里。吟咏之间,吐纳珠玉之声。
> 眉睫之前,卷舒风云之色。⑬

叙事者一定要兼有"闺中风暖,陌上草薰"的柔美记忆交织着"辽水无极,雁山参云"的荒凉经验,并且持续在一个对比的心灵状态底下。所以南朝闺怨诗事实上正是替边塞诗铺上基层的底色,构筑一个时空交错的崭新经验。

第二节　游侠与边塞间的诗风交融

南朝边塞诗的第二种类型则是由"游侠"主题发展而来。

郑樵《通志·乐略》曾将《游侠篇》《侠客行》《博陵王宫侠曲》《临江王节士歌》《少年子》《少年行》《刺少年》《邯郸少年行》《长安少年行》《羽林郎》《轻薄篇》《剑客》《结客》《结客少年场》《沐浴子》《结袜子》《壮士吟》《公子行》《敦煌子》《扶风豪士歌》二十一曲归属游侠类⑭。以上这些作品见载郭茂倩《乐府诗集》的六朝之作计有九曲十六篇⑮:

游侠篇	晋张华一首
侠客篇	梁王筠一首
博陵王宫侠曲	晋张华二首

续表

临江王节士歌	齐陆厥一首
少年子	齐王融一首
	梁吴均一首
长安少年行	梁何逊一首
	陈沈炯一首
轻薄篇	晋张华一首
	梁何逊一首
	陈张正见一首
结客少年场行	宋鲍照一首
	梁刘孝威一首
	梁庾信一首
壮士篇	晋张华一首

增田清秀力主《白马篇》与《刘生》应纳入其中⑦，与前述共计十一曲三十篇：

白马篇	魏曹植一首
	宋袁淑一首
	宋鲍照一首
	齐孔稚珪一首
	梁沈约一首
	梁王僧孺一首
	梁徐悱一首
刘生	梁元帝一首
	陈后主一首
	陈张正见一首
	陈柳庄一首
	陈江晖一首
	陈徐陵一首
	陈江总一首

就数量而言，三十首不能算多。但就其价值与内容而言，却足以使六朝诗歌

的性质获得一个崭新观照的角度;另一方面也正好弥补了《史记》《汉书》之后正史不再为游侠立传的缺憾⑰。笔者参酌某些有关游侠诗的重要论述,整理出南朝游侠与边塞,游侠与征战诗题材相涉之作品状态列表⑱:

游侠与边塞诗题材相涉之作(总数共七十四首。宋至陈六十八首,占总数百分之九十二;北朝共二首,占总数百分之三):

时代	撰作人名	总数量
魏	曹植、阮籍	二首
西晋	张华、陆机	二首
宋	袁淑、鲍照、吴迈远	七首
齐	孔稚珪	一首
梁	范云、虞羲、沈约、何逊、王训、吴均、王僧孺、徐悱、萧子显、刘孝威、萧子云、简文帝、元帝、费昶、戴嵩、车叙、王褒、庾信	四十三首
陈	沈炯、顾野王、张正见、后主、徐陵、傅縡、刘删、江总、毛处约、江晖	十七首
北齐	裴让之	一首
北周	高琳	一首

游侠与征战诗题材相涉之作(总数共二十五首。东晋至陈共十六首,占总数百分之六十四;北朝无):

魏	曹操、曹植、阮籍	五首
西晋	傅玄、张华、陆机	四首
东晋	张骏、何承天	四首
宋	谢惠连、鲍照	二首
齐	陆厥、江奄	二首
梁	虞羲、吴均	五首
陈	后主、江总、毛处约	三首

钟嵘《诗品》论及张华诗尝云:"虽名高曩代,而疏亮之士,犹恨其儿女情

多,风云气少。"⑦但是张华的《壮士篇》即是一幅风云飞扬之景:"壮士怀愤激,安能守虚冲?乘我大宛马,抚我繁弱弓。长剑横九野,高冠拂玄穹。"⑧其《博陵王宫侠曲》也自有一份慷慨豪情:"雄儿任气侠,声盖少年场。……吴刀鸣手中,利剑严秋霜……腾超如激电,回旋如流光。……宁为殇鬼雄,义不入圜墙。生从命子游,死闻侠骨香。"⑧无怪乎元遗山也要为之辩曰:"风云若恨张华少,温李新声奈尔何。"⑧可是像元遗山这种眼界宽广的评论不多见,大部分的评论都无法通览全局,对汉魏以后的作品均陷入"自从建安来,绮丽不足珍"的成见中⑧;隋李谔云:"江左齐梁,其弊弥盛,贵贱贤愚,唯务吟咏。"⑧白居易云:"陵夷至于梁陈间,率不过嘲风雪弄花草而已。"⑧其实两晋江左虽然出现大量山水、宫体、咏物的绮丽之作,相对地一百三十首以拟汉魏乐府为主写就的边塞诗也同步滋长,为唐代诗国的领域分别开疆拓土。可惜一般文学史家大都囿于"江左宫商发越,贵于清绮;河朔词义贞刚,重乎气质"这种粗糙的二分法⑧,以致长期机械性地将性属绮丽,柔美的山水、宫体咏物之作归属南朝;将性属贞刚劲直的边塞一体列入北朝,非但混淆了文学演变的系统,也埋没了南朝诗人的贡献。

事实上,经由"游侠"形成边塞诗远比经由"闺怨"形成边塞诗更容易令人理解。因为游侠既欲扬声朔北,势必奔驰出一片大漠风沙,其中最具典范的是《白马篇》《结客少年场行》两题。《乐府诗集》收录有曹植、袁淑、鲍照、孔稚珪、沈约、王僧孺、徐悱之作。事实上《白马篇》在曹植手中已略具边塞规模:

> 白马饰金羁,连翩西北驰。借问谁家子,幽并游侠儿。少小去乡邑,扬声沙漠垂,宿昔秉良弓,楛矢何参差。控弦破左的,右发摧月氏。仰手接飞

猱,俯身散马蹄。狡捷过猿猴,勇剽若豹螭。边城多紧急,胡虏数迁移。羽檄从此来,厉马登高堤。右驱蹈匈奴,左顾陵鲜卑。寄身锋刃端,性命安可怀。父母且不顾,何言子与妻。名篇壮士籍,不得中顾私。捐躯赴国难,视死忽如归。⑦(曹植·白马篇)

这类由游侠发展的边塞之作,主要就是由"少小去乡邑,扬声沙漠垂"的脉络开始。这种结构到了鲍照之作时,得到更进一步的渲染:"埋身守汉境,沉命对胡封。薄暮寒云起,飞沙被远松。"塞外萧瑟之景正逐步四面涌来。而曹植之作除了"控弦破左的,右发催月氏"与"边城多紧急,胡虏数迁移"之句外,尚未见"遒劲之句"。严格说来,将《白马篇》写成最成功的边塞之作,并非鲍照,亦非沈约,而是孔稚珪,其《白马篇》有两首,先看其第一首:

骥子踯且鸣,铁阵与云平。汉家嫖姚将,驰突匈奴庭。少年斗猛气,怒发为君征。雄戟摩白日,长剑断流星。早出飞狐塞,晚泊楼烦城。虏骑四山合,胡尘千里惊。嘶笳振地响,吹角沸天声。左碎呼韩阵,右破休屠兵。横行绝陌表,饮马瀚海清。陇树枯无色,沙草不常青。勒石燕然道,凯归长安亭。县官知我健,四海谁不倾。但使强胡灭,何须甲第成。当令丈夫志,独为上古英。⑧

全诗以"少年斗猛气,怒发为君征"的侠客姿态为轴线,伴随少年游侠的雄姿带出塞外沙场的兵戈战气,其实就是"借问谁家子,幽并游侠儿。少小去乡邑,扬声沙漠垂"的基型。诗中"雄戟摩白日,长剑断流星。早出飞狐塞,晚泊楼烦城。虏骑四山合,胡尘千里惊。嘶笳振地响,吹角沸天声"就远超过曹

植,而直逼唐人之势,就算置于唐人诗集,亦不可辨。这种由侠客之游,转而为边塞之役,正是此类作品的特色[89]:

> "……一朝许人诺,何能坐相捐。剺节去函谷,投珮出甘泉……"(袁淑·白马篇)
>
> "……丈夫设计误,怀恨逐边戎。弃别中国爱,要冀胡马功……"(鲍照·同上)
>
> "……长驱入右地,轻举出楼兰。……匪期定远封,无羡轻车官。唯见恩义重,岂觉衣裳单……"(沈约·同上)
>
> "……少年本上郡,遨游入露寒……闻有边烽急,飞候至长安。然诺窃自许,捐躯谅不难……"(徐悱·同上)

由上所述,可知由游侠发展到边塞的关键在于"负剑远行游"的"游"字与"复得还旧丘"的"旧丘"。因为有了"游",长安可以游,洛阳可以游,当然也可能游出一片大漠行踪图来;因为仗剑千里,终必还乡,所以一切的"游"终必牵挂着"旧丘",一个陌生新鲜的边塞经验与故乡的对照观,自然在诗中形成。

"游侠"的性质和流变一直是耐人寻味的论题。在先秦的典籍中,《韩非子》很早就以极不友善的态度横加评断,谓其"以武犯禁""弃官宠交""肆意陈欲""离于私勇"[90]。到了司马迁笔下,游侠才得到特殊角度的礼赞:

> 其言必信,其行必果,已诺必诚,不爱其躯,赴士之阨困,既已存亡死生矣,而不矜其能,羞伐其德。[91]

但是司马迁并非毫无条件地对游侠的行径全部照单全收,"至如朋党宗疆比周,设财役贫,毫暴侵凌孤弱,恣欲自快"之流,司马迁亦不欲令其与"朱家""郭解"并题共类。显然司马迁容或有身世悲愤借他人酒杯,浇胸中之块垒[22],是以在许多地方美化了侠的行为,但也随时检点"敖而无足数者"的侠,像"北道姚氏、西道诸杜、南道仇景、东道赵他、羽公子、南阳赵调"就被贬为"盗跖居民间者耳""朱家之羞也"。

班固虽然偶或对游侠略加称许曰"观其温良泛爱,振穷周急,谦退不伐,亦皆有绝异之姿"[93],而其基本态度则较司马迁严峻。就班固论战国四豪而言:《史记》尚称"招天下贤者,顾名诸侯,不可谓不贤者矣"[94];《汉书》则直揭要害曰"于是背公死党之议成,守职奉上之义废矣"。班固这种对游侠既褒又贬的矛盾情结,用荀悦的方式来说,则更加清楚:

> 昔有三游,德之贼也。一曰游侠,二曰游说,三曰游行。立气势、住威福,结私交,以立疆于世者,谓之游侠。
>
> 游侠之本,生于武毅不挠,久要不忘平生之言,见危授命,以救时难,而济同类、以正行之者,谓之武毅,其失之甚者,至于为盗贼也。[95]

荀悦的说法的确在史书上可以得到许多具体的例证:

> 灌夫为人刚直使酒……好任侠,已然诺。诸所与交通,无非豪杰大猾。家累数千万,食客日数十百人,陂池田园宗族宾客为权利,横于颍川。[96]
>
> 阳翟轻侠赵季、李款多畜宾客,以气力渔食闾里,至奸人妇女,持吏长短,纵横郡中。闻(何)并且至,皆亡去。[97]

前者虽有横行乡里之罪,到也有刚直重诺之行;后者就几乎可直指以盗贼。

自先秦至于两汉,史书上游侠的性格似乎就是如此夹杂不纯。甚至魏晋南北朝诸史书对游侠的描述,也并不令人倾心仰慕:

崇颖悟有才气,而任侠无行检,在荆州,劫远使商客,致富不赀。(晋书·石崇传)

毕义云少麤侠,家在兖州此境,劫掠行旅,州里患之。(北齐书·毕义云传)

思话年十许岁,未知书,以博诞遨游为事,好骑屋栋,打细腰鼓,侵暴邻曲,莫不患之。(宋书·萧思话传)

先是充兄弟皆轻侠,充少时又不护细行。(梁书·张充传)

关于这些游侠更多遭人指摘的行径,龚鹏程《大侠》一书中已有更详尽之举证,兹不再赘述[38]。本文此处所欲探讨的问题是游侠在中国历史上被美化的关键过程。换句话说:游侠在历史上的造型并非一上场就是英姿焕发完美无瑕,而是经过后人不断妆点修饰。其中六朝乐府对游侠造型的雕塑刀痕最深。游侠能够洗掉“私勇”“盗贼”的罪名,转而脱胎换骨成人间公益的表征,诗歌咏叹的影响力是关键所在。

六朝游侠乐府第一个最明显的造型就是以立功塞上取代“私勇”,最典型的作品还是曹植的《白马篇》。兹再举此作为例:

白马饰全羁,连翩西北驰。借问谁家子,幽并游侠儿。少小去乡邑,扬声

沙漠垂。宿昔秉良弓，楛矢何参差。控弦破左的，右发摧月氏。仰手接
飞猱，俯身散马蹄。狡捷过猿猴，勇剽若豹螭。边城多紧急，胡虏数迁
移。羽檄从此来，厉马登高堤。右驱蹋匈奴，左顾陵鲜卑。寄身锋刀端，
性命安可怀。父母且不顾，何言子与妻。名篇壮士籍，不得中顾私。捐
躯赴国难，视死忽如归。[99]

《乐府诗集》云："白马者，见乘白马而成此曲，言人当立功立事，尽力为国，不
可念私也。"[100]细品篇中"寄身锋刀端，性命安可怀""捐躯赴国难，视死忽如
归"之句，的确足以洗尽"私勇""盗贼"的秽名。其他诸家之作，亦都不忘着
墨于此："一朝许人诺，何能坐相捐"（袁淑）、"弃别中国爱，要冀胡马功"（鲍
照）、"勒石燕然道，凯归长安道"（孔稚珪）、"长驱入右地，轻举出楼兰"（沈
约）。但是这类作品真正迷人之处，倒不完全在其立功一事而已。其实真正
令人激赏的反倒是其远征塞上的风采。用塞上浩瀚的背景来衬托游侠流星
般的生命，本来就是一幅极壮美的构图，何况又顶着赴天下之义的招牌——
"闻有边烽急，飞候至长安"。这类作品尚有《结客少年场行》。今南朝之作
存有鲍照、刘孝威、庾信。由鲍照之作至刘孝威之作，最能看出演进的痕迹：

骢马金络头，锦带佩吴钩。失意杯酒间，白刃起相仇。追兵一旦至，负剑
远行游。去乡三十载，复得还旧丘。升高临四关，表里望皇州。九衢平
若水，双阙似云浮。扶宫罗将相，夹道列王侯。日中市朝满，车马若川
流。击钟陈鼎食，方驾自相求。今我独何为，辘轳怀百忧。[101]

虽然诗中侠客系因犯法远游，但是非但能用三十年的青春来清洗前罪，甚至

在衣锦还乡之际,在人格与智慧方面的磨练还进而能"轳轲怀百忧",慨然有肩负天下安危的怀抱。这些性质显然和前面史书所载一味只知"渔食闾里""劫掠行旅"的侠大不相同。所以郭茂倩引吴兢《乐府古题要解》曰:"《结客少年场行》,言轻生重义,慷慨以立功名也"[102]。可见是和《白马篇》同一性质的作品。这类作品尚有:

> 天地相震荡,回薄不知穷。人物禀常格,有始必有终。年时俛仰过,功名宜速崇。壮士怀愤激,安能守虚冲。乘我大宛马,抚我繁弱弓。长剑横九野,高冠拂玄穹。慷慨成素霓,啸吒起清风。震响骇八荒,奋咸曜四戎。濯鳞沧海畔,驰骋大漠中。独步圣明世,四海称英雄。[103]

这种遨游负剑去乡之举,只要稍加渲染,就可以开拓出一片大漠行踪图来。刘孝威诗即是此中代表之作:

> 少年本六郡,遨游遍五都。插腰铜匕首,障日锦涂苏。鹫羽装银镝,犀胶饰象弧。近发连双兔,高弯落九乌。边城多警急,节使满郊衢。居延箭葙尽,疏勒井泉枯。正蒙都护接,何由惮险途。千金募恶少,一麾擒骨都。勇余聊蹴鞠,战罢戏投壶。昔为北方将,今为南面孤。邦居行负弩,县令且前驱。[104]

《乐府解题》云:"鲍照云:'白马辟角弓',沈约云:'白马紫金鞍',皆言边塞。"[105]显然唐人吴兢也已在鲍照沈约之作中嗅到边塞的风沙。可见由游侠到边塞与由闺怨到边塞的模式,的确有许多雷同之处。

但是并非所有南朝的游侠作品皆带有边塞昂扬之气,像王融与吴均的《少年子》只知市上逐乐,何逊之"城东美少年"只知尽日挥霍长安,惹得"大姊掩扇歌,小妹开帘织"。张正见之"洛阳美少年"更是"细蹀连钱马,傍趋苜蓿花。扬鞭还却望,春色浦东家"极尽声色之娱。就以《结客少年场行》而言,郭茂倩亦云:"……言少年结任侠之客,为游乐之场……"可见这些游侠作品亦是南朝诗人在现实压力下的一种浪漫遐想。明乎此,唐代边塞诗中"功名只向马上求"的典型,事实上是源自南朝[⑩]。同时应该注意的是:唐代游侠乐府中许多浪荡少年只知徘徊于酒楼歌馆,既失落了功名的追求,也抛却了边塞的梦想,并不能说是唐人的堕落[⑩]。谨慎的看法,只能说南朝的游侠乐府本来就有摆荡在酒楼与边塞的性格。南朝边塞诗的演进,就这一角度而言的确是极其浪漫的性质。

本来侠的行径多少就是要带上些蔑视官府存在的率性,才能树立其"替天行道"的原始性格,像张华的《薄陵王宫侠曲之一》"身在法令外,纵逸常不禁",俨然自成一与王法抗拒的独立王国。将游侠世界的价值和朝廷利益结合在一起最好的方法就是开拓一个双方互蒙其利的第三战场,于是乐府诗等于为游侠找到一个可以赢取世人掌声的崭新舞台,游侠自此卸下盗贼劲装换上英挺的甲胄,但又不是立刻萎缩成官府的属史,而是开疆拓边的英雄,这是游侠转化过程中极重要的关键之一。这种和朝廷利益相互合作的先例,则早已出现在六朝乐府中。

六朝游侠乐府第二项主题则是继续渲染司马迁笔下"言必信""行必果""诺必诚""赴士之脉困"的侠客意气。龚鹏程在其论作中一再强调:根据史书所载,侠的行为大都是渔食闾里,劫掠行旅者。但是"在我们的观念里,侠是一个急公好义,勇于牺牲,有原则,有正义感,能替天行道者"[⑩]。显然我们对侠的想象距离历史真相太远。于是推论后人系以司马迁的诠释作为历史上实际游侠人物的精神内涵或性质。其说法甚能切中要害。只是司马迁所开创的造型何以能在众多不利于侠客的史籍中不被磨损？其关键可能还是得由六朝游侠乐府来解释。梁元帝《刘生》中游侠的风采就令人一见倾心：

任侠有刘生，然诺重西京。扶风好惊坐，长安恒借名。榴花聊夜饮，竹叶解朝醒。结交李都尉，遨游佳丽城。⑩

郭茂倩引《乐府解题》曰："刘生不知何代人，齐梁以来为《刘生》辞者，皆称其任侠豪放，周游五陵三秦之地。"⑪除梁元帝此作外，陈后主、张正见、柳庄、江晖、徐陵、江总之作皆录入《乐府诗集》，其中江总之作亦颇能锦上添花：

刘生负意气，长啸且徘徊。高论明秋水，命赏陟春台。干戈倘傥用，笔砚纵横才。置驿无年限，游侠四方来。⑪

此诗非但写刘生之风发意气，还夸述其"干戈倘傥用，笔砚纵横才"，俨然是身怀绝技兼又文采翩翩之剑客书生也。齐陆厥的《临江王节士歌》也是重复司马迁对侠的咏叹：

木叶下，江波连，秋月照浦云歇山。秋思不可裁，复带秋风来。秋风来已寒，白露惊罗纨，节士慷慨发冲冠。弯弓挂若木，长剑竦云端。⑫

唐代李白就是用这首古题写出"壮士愤，雄风生。安得倚天剑，跨海斩长

鲸"⑬,凛然侠气,跃乎纸面。前文所引张华《博陵王宫侠之二》也是此类作品,兹录全诗,以窥全貌:

> 雄儿任气侠,声盖少年场。借友行报怨,杀人租市旁。吴刀鸣手中,利剑
> 严秋霜。腰间叉素戟,手持白头镶。腾超如激电,回旋如流光。奋击当
> 手决,交尸自从横。宁为殇鬼雄,义不入圄墙。生从命子游,死闻侠骨
> 香。身没心不惩,勇气加四方。⑭

典型的是重义轻生的侠辈中人。这些作品都是造成后人对侠客充满遐思的主要原因。其实用这种方式去咏叹侠客的观象,在六朝是相当普遍的。田园诗人陶渊明就有"君子死知己,提剑出燕京"的名诗⑮。江淹《别赋》:"乃有剑客惭恩,少年报士。韩国赵厕,吴宫燕市,割慈忍爱,离邦去里。沥血共诀,擦血相视。驱征马而不顾,见行尘之时起。方街感于一剑,非买价于泉里。"⑯更是传送千古的佳篇,必然对后人塑造其心目中之侠客产生相当大的影响,只是不在乐府诗范围中,兹不详论。

六朝游侠乐府的第三项主题则是描写游侠在生活上的流逸。梁何逊《长安少年行》:"长安美少年,羽骑暮连翩。玉羁玛瑙勒,金络珊瑚鞭。"⑰陈沈炯之作:"长安好少年,骢马铁连钱。陈王装脑勒,晋后铸金鞭。步摇如飞燕,宝剑似舒莲。去来新市侧,遨游大道边。"⑱均是在描写这些游侠少年豪华的衣着饰物。何逊《轻薄篇》:"城东美少年,重身轻万亿。柘弹随珠丸,白马黄金饰。"⑲陈张正见之作:"洛阳美年少,朝日正开霞。细蹀连钱马,傍趋苜蓿花。扬鞭还却望,春色满东家。"⑳其他尚有未列入郑樵《通志》之陈后主《洛阳道》五首之四,更是写尽少年客的翩翩美姿:

百尺瞰金堞,九衢通玉堂。柳花尘里暗,槐色露中光。游侠幽并客,当炉京兆妆。向夕风烟晚,金羁满洛阳。[121]

这一系列的作品到了李白手中,就成了有名的《少年行》三首[122]:

击筑饮美酒,剑歌易水湄。经过燕太子,结托并州儿。少年负壮气,奋烈自有时。因声鲁勾践,争情勿相欺。(之一)

五陵年少金市东,银鞍白马度春风。落花踏尽游何处,笑入胡姬酒肆中。

(之二)

第二首几乎是脍炙人口的名篇。而第三首更有造型鲜明之句:"君不见淮南少年游侠客,白日球猎夜拥掷。呼卢百万终不惜,报仇千里如咫尺。少年游侠好经过,连身装束皆绮罗。兰蕙相随喧妓女,风光去处满笙歌……"后人往往就据此说是唐代侠客的堕落[123],殊不知这些徘徊酒楼歌馆的少年游侠客也都是六朝乐府的产物。

综合以上的论述可以看出:六朝乐府中游侠诗的出现的确是一件极有意义的事情。一方面由于游侠作品中顺势发展出来的边塞题材,强而有力地给绮丽柔美的南朝诗扬起一片豪迈刚健的大漠风沙,也将南朝诗的位阶在文学史上作了一个大幅度的调整。另一方面由于这些游侠乐府的存在,使得我们得以解释:在史书上许多有关游侠的记载大都是渔食闾里,劫掠行旅的盗贼,何以后人却会对游侠产生如此浪漫的遐想。如果只是依靠司马迁的几篇列传,应该经不起时间的磨蚀,最重要的可能是这些乐府诗将游侠以咏叹的方式在历史与文学中定了型。

第三节　咏马及其他对边塞主题的推衍

南朝咏物诗所吟咏的题材极为广泛,举凡山水、器物、草木、鸟兽几乎无所不写。其中最易于和边塞产生血缘关系的当然是咏马之作。因为咏马和咏游侠一样,最容易一边写马的雄姿,一边带出塞外风光。先看陈张正见之作:

> 将军入大宛,善马出从戎。影绝乾河上,声流水窟中。似鹿犹依草,如龙欲向空。须还千万里,试为一追风。[124]

"似鹿犹依草,如龙欲向空"最能描摹马之动静。再看李爕之作:

> 紫燕忽跼蹐,红尘起路隔。围人移苜蓿,骑士逐蘼芜。三边追黠虏,一鼓定强胡。安用珂为玉,自有汗成珠。[125]

"安用珂为玉,自有汗成珠"虽然不脱南朝诗的脂粉气,但是写马汗是边塞诗的重点工作。岑参《走马川行奉送出师西征诗》的"马毛带雪汗气蒸"就是边塞传诵千古的名句。张正见《君马黄》的"五色乘马黄,追风时灭没,血汗染龙花,胡鞍抱秋月"[126]亦是善于用马汗去烘托奔驰之姿。张正见另一首《君马黄》则直接随马出塞:

幽并重骑射,征马正盘桓。风去长嘶远,冰坚度足寒。出关聊变色,上坂屡停鞍。即今随御史,非复在楼兰。[127]

陈祖孙登之《紫骝马》则更由马而写到马上之人,写到马客之异地乡思:

候骑指楼兰,长城过路难。嘶从风处断,骨住水中寒。飞尘暗全勒,落泪洒银鞍。抽鞭上关路,谁念客衣单?[128]

由以上诸作可以得知"咏马诗"和边塞实在只是一墙之隔,稍一踪跃,即有胡风扑面而来。今存南朝这类的作品有《紫骝马》[129]:

陈后主	二首
李爕	一首
徐陵	二首
张正见	一首
陈暄	一首
祖孙登	一首
独孤嗣宗	一首
江总	一首

《骢马驱》:

梁元帝	一首
刘孝威	一首
徐陵	一首
江总	一首

《君马黄》：

陈蔡君	一首
张正见	二首

这些显然是依乐府古题而作，本质上还是不离宫廷唱和的写作模式。

写"闺怨""游侠""咏马"的作品既然能成为南朝的边塞之作，当然写征战的作品就可以更顺理成章地发展为边塞诗。这里必须先加以强调的是：写征战的作品"可以"发展为边塞诗，但是并非所有写征战的作品就是边塞诗。这是讨论边塞诗极为重要的概念。

由前述可知，所谓"边塞"，就历史意义的考察，应该是指自秦汉以长城和胡人为界以后才成熟的概念。换句话说，当"边塞"的"边"字在使用时，使用者必然是站在一个自许为"中枢"的空间立场发言。当汉朝人动辄云"不击匈奴，匈奴亦不侵入边""是时天子寻边，至朔方时"，当然是以长安洛阳为中心发展出来的空间思维方式。于是战争的空间则以长安洛阳为焦距，辐射至当时长城边塞，战争的将军则以当时的李广、卫青、霍去病为主面，战争的性质则为惨烈的胡汉之争。战争所带来的心灵主题后果则是征人思乡或闺人怀思。如果用这种意义来看，南朝的战争诗绝大部分系置身于汉代讨伐匈奴之战。若从技巧层面来看，说南朝的征战诗是一种对汉代边塞之战的歌咏亦无不可。先看一首刘峻《出塞》：

蓟门秋气清，飞将出长城。绝漠冲风急，交河夜月明。陷敌枞金鼓，催锋扬旆旌。去去无终极，日暮动边声。[20]

蓟门就是汉幽州渔阳郡，飞将是汉将李广，俱是汉地、汉将。而对历史的歌咏

之作,虞义的《咏霍将军北伐》就进一步点出南朝诗人写边塞诗的歌咏情怀:

> 拥旄为汉将,汗马出长城。长城地势险,万里与云平。凉秋入九月,虏骑
> 入幽并。飞狐白日晚,瀚海愁云生。羽书时断绝,刁斗昼夜惊。[131]

汗马是大宛马,幽并二州在山西河北。诗题所咏霍将军,即汉代名将霍去病。
对南朝人士而言,无论是空间或是时间均远离其现实。这种以汉地汉将为背
景的战争诗,就是唐代边塞诗的标准格式。

> 边庭多紧急,羽檄未曾闲。从军出陇坂,驱马度关山。关山恒晻霭,高峰
> 白云外。遥望秦川水,千里长如带。好勇自秦中,意气本豪雄。少年便
> 习战,十四已从戎。昔年经上郡,今岁出云中。辽水深难渡,榆关断未通
> ……[132](王训·度关山)
> 从军戍陇头,陇水带沙流。时观胡骑饮,常为汉国羞。妒妻成两剑,杀子
> 祀双钩。顿取楼兰颈,就解郅支裘。勿令如李广,功遂不封侯。[133](刘孝
> 威·陇头水)

南朝这种以汉代典故来写战争的作品,大致也都以汉魏乐府为题。《陇头》
《陇头水》《入阌》《出塞》《入塞》《关山月》《度关山》《从军行》《陇西行》《饮
马长城窟行》等均普遍出现在南朝诗人集中。这种现象提供吾人一个非常重
要的思考角度:南朝的战争诗基本上是一种对汉代开疆防边之战的咏叹。虽
然南北朝之间大小战役不知凡几,南朝诗人也大都有从事军旅的经验,但是
以乐府古题一再模拟写出的战争诗,本质上仍然有着极重的"咏史"成分,仍

然可以在宫廷唱和之际用以逞奇斗强。

沈约的边塞之作则以《昭君辞》最为出色。兹先列举如下：

朝发披香殿，夕济汾阴河。于兹怀九逝，自此敛双蛾。沾妆疑湛露，绕臆状流波。日见奔沙起，稍觉转蓬多。胡风犯肌骨，非直伤绮罗。衔涕试南望，关山郁嵯峨。始作阳春曲，终成苦寒歇。惟有三五夜，明夜暂经过。[134]

咏叹王昭君的诗作，因为是汉家和匈奴的两地舞台恩怨，很容易转变成边塞题材。尤其到了唐代，李白就写出"燕支长寒雪作花，峨眉憔悴没胡沙"，李顺也写出"行人刁斗风沙暗，公主琵琶幽怨多"[135]的典范佳作来。行人刁斗、公主琵琶与汉家明月、燕支寒雪的意象，极容易对照出空间的强烈差距感。南朝诗人更早还有鲍照的王昭君：

既事转蓬远，心随雁路绝，霜鞞旦夕惊，边笳中夜咽。[136]

这类作品一旦采用邱燮友先生"辞汉、跨鞍、和亲、望乡、客死、哀红颜、斩画工"的归类法[137]，鲍照之诗系由望乡而发展出来的边塞诗，而沈约之作则包括了"辞汉、跨鞍、望乡"三项成分。尔后南朝诗人简文帝、王褒、庾信续有此作[138]。

综合以上的论述可以看出：南朝边塞诗的出现并不是一个孤立突兀的文学现象。相反的，边塞诗的滋长完全是用培植宫体、咏物诸体同样的土壤栽种出来的。当然，换一个角度也可以说：边塞诗是将南朝宫体、咏物唱和之作,朝最具文学活力的方向推进发展。

──────────────

① 郑振铎《插图奉中国文学史》,刘大杰《中国文学发展史》,罗根泽《乐府文学史》,钱基博《中国文学史》,袁行霈《中国文学史纲要》与游国恩《新编中国文学史》,以及诸多国内外学者的论文等书均持此一看法。郑书见坊间本页二六七;刘书见台北华正书局一九八○年版,页三四四;罗书见台北文史哲出版社一九七二年版,页二八八至二八九;钱书见北京中华书局一九九三年版,上册页二三六;袁书见北京大学出版社一九九○年版,第二册页六至七;游书则见台北复文书局版,页二八五。

② 此可参考笔者近年来所发表之一系列论文,均是对于此论题与其相关问题的探讨。

③ 钟嵘《诗品·序》,据许文雨《文论讲疏》本(台北:中正书局,一九七六年),页一五五——一五六。

④ 引文据《重刻送淳熙本文选》(台北:艺文印书馆),页二四三。

⑤ 李白《子夜吴歌·四首之三》,引文据翟蜕园等《李白集校注》(台北:里仁书局,一九八一年),页四五一。

⑥ 郭茂倩《乐府诗集》九十四卷"新乐府辞·五"录有王建、刘禹锡《捣衣曲》,但未见南朝诗作。今据逯钦立《先秦汉魏晋南北朝诗》逐篇检索,得此七家之作,分别见逯书,页一一九五,一二四二,一四三六,一五三四,二八七六,一七六五,二○八四,二一九一。(台北:木铎出版社,一九八三年)

⑦ 引书据逯钦立《先秦漠魏南北朝诗》(台北:木铎出版社),页一五三四。

⑧ 同前注,页一九四○。

⑨ 同前注,页二○五四。

⑩《文选》于诗歌类收录"补亡、述德、劝励献诗、公谯、祖饯、咏史、百一、游仙、招隐、反招隐、游览、泳怀、哀伤、赠答、行旅、军戎、郊庙、乐府、歌、杂诗"二十类,未见"闺怨"及"边塞"之名目。

⑪大陆学者商伟于《论宫体诗》一文中曾云："由于宫体诗人往往从思妇写到征人,由闺阁通向边塞,边塞诗也可以说是宫体诗的副产品。"是近代学者最早洞见此义者。可惜仅略加着笔,并未深入探讨。该文见《北京大学学报》第一〇四期,一九八四年七月。

⑫以下作品页码均据逯钦立《先秦汉魏南北朝诗》标示。(台北:木铎出版社)

⑬分类方式采高莉芬《汉魏怨诗研究》一文所论,惟将"丈夫"易为"良人"(台北:政治大学中文研究所硕士论文,一九八八年),页二〇。

⑭同注十二,页二五九六。

⑮详参《试用原始类型的文学批评方法——论唐代边塞》。收入《中外古典文学论丛,册二文学批评与戏剧之部》(台北:中外文学月刊社,一九七六年)。

⑯同注十二,页二九九。

⑰同前注。

⑱同前注,页二一七七。

⑲同前注,页二一九六。

⑳同前注,页二二一九。

㉑同前注,页一五三四。

㉒同前注,页一七二四。

㉓同前注,页一七四五。

㉔同前注,页一七七〇。

㉕同前注,页一八四二。

㉖同前注,页一八八一。

㉗同前注。

㉘同前注,页一九〇〇。

㉙同前注,页一九四一。

㉚对于此诗与边塞之关联及个中意境之解析,洪顺隆曾有卓见于先。见氏著《论宫体

诗》一文,收入《由隐逸到宫体》(台北:河洛图书出版社,一九八〇),页二一八——一三〇。

㉛同注十二,页二〇三二。

㉜同前注,页二四六七。

㉝同前注,页二四七七。

㉞同前注,页二五一二。

㉟同前注,页二五二八。

㊱同前注。

㊲同前注,页二六〇六。

㊳同前注,页二五三七。

㊴同前注,页二五七三。

㊵无论闺妇思君,或征人怨边,率皆由男子执笔。此处女子之心思亦皆为男子设想之词也。详参梅家玲《汉晋诗歌中"思妇文本"的形成及其相关问题》,东海大学·妇女文学会议论文,一九九五年十二月。

㊶同注十二,页一五六八。

㊷唐人有孟郊"征妇怨",张籍"征妇怨",刘兼"征妇怨",施肩吾"代征妇怨",柳中庸"征人怨"。

㊸《子夜吴歌·秋歌》(引自《全唐诗》,台北:明伦出版社),页一七二。

㊹李益此作原诗:"胡风冻合鹡鸰泉,牧马千群逐暖川。塞外征行无尽日,年年移帐雪中天。"诗虽清劲,未若《夜上受降城闻笛》脍炙人口。引文据孙全民《唐代边塞诗注》(大陆:黄山书社,一九九二年),页二二一。

㊺同注四十三,页三二二九。

㊻同注十二,页一二七六至一二七七。

㊼同注十二,页一二七七。

㊽同前注。

㊹同前注,页一四八〇。

㊿据丁仲祜《续历代诗话》(台北:艺文印书馆,一九七四年),页六二。

51大陆学者康正果认为"闺怨"内容的世界较狭,而"征人"之作有更多外面世界的遭遇与苦痛。似可借此略窥两者之区别,详参氏著《风骚与艳情》(台北:云龙出版社,一九九一年),页四一至四二。

52同注十二,页二五〇五。

53同前注,页二五〇六。

54同前注。

55同前注。

56同前注,页二五〇八。

57同前注,页一九五〇。

58同前注,页一八五八。

59同前注,页一八七八。

60同前注,页二五四三。

61同前注,页二六〇二。

62同前注,页二四七九。

63据《乐府诗集卷三十二·相和歌辞七》(台北:里仁书局,一九八四年),页四六九,四七四。以下举例作品皆同。

64同注五十,页三九。

65《周书·王褒传》(台北:鼎文书局二十四史版,一九八〇年),页四八四。

66有关南朝贵游文学诸问题详参吕光华《南朝贵游文学集团研究》(台北:政治大学中文研究所博士论文,一九九〇年),页一〇一至二六七。与本文第二章第三节的分析。

67同注十二,页一九六三。

68同前注,页一八四二。

⑥同前注,页一八八一。

⑦同前注,页二〇〇〇。

⑦南朝边塞诗和贵游唱和有关的推测,刘汉初曾在其手稿《梁陈边塞诗初探》中先行提出。刘先生在笔者于一九八八年"第九届古典文学会议"发表《边塞诗形成于南朝论》一文后,慨然将未刊之作示余。此一观点受其启发,谨志此答谢。

⑦阎采平曾论及梁陈边塞乐府与闺阁思妇的关系,极有见地。阎文发表于一九八八年十二月,与拙作《边塞诗形成于南朝论》约略同时。拙作系同年十月宣读于辅仁大学主办之第九届中国古典文学会议,十二月收入台北学生书局《古典文学第十集》。阎氏观点详参氏著《梁陈边塞乐府论》,《文学遗产》第六期(北平:中国社科院文学研究所,一九八八年十二月)。

⑦引文据周振甫《文心雕龙注释》(台北:里仁书局,一九八四年),页五一五。

⑦见《通志》卷四十九《乐一》,浙江古籍出版社,总页六三〇。

⑦本文所引诗全据台北里仁书局影印标点奉,一九八一年版。

⑦见氏著《乐府历史的研究》第七章《汉魏南北朝子游侠主题歌曲》页一五六至一五八。东京·创文社,一九七五。

⑦Robert Ruhlmann 在《中国通俗小说戏剧中的传统英雄人物》一文里认为司马迁之后,史书即不再为游侠立传,其实《汉书》仍有游侠列传。Robert Ruhlmann 恐有误。该文经朱志泰译成中文,收于香港中文大学出版《英美学人论中国古典文学》一书中。

⑦有关著作中较晚出并且整理得相当详细的应是王子彦《游侠诗立类之基础》一文(一九九五年淡江大学中研所硕士论文),此文对于游侠诗的分类及其交融的诗类,均处理得相当详细与精确,可作为学者研究此范畴的重要参考。

⑦《诗品》卷中评晋司空张华条(据汪师中《诗品注》,台北:正中书局,一九九〇年版,页一三八)。

⑧《乐府诗集》卷六十七,杂曲歌辞七。里仁书局版,页九七三。

○81同前书,页九六九。

○82元遗山论诗三十绝句其三。用王礼卿《遗山论诗铨证》本,页三九。台北中华丛书,一九七六年四月。

○83李太白《古风》五十九首之一。(据《全唐诗》,台北:明伦出版社,页二八七○)

○84《隋书》卷六六《李谔传》。台北鼎文书局版,页一五四四。

○85见《白氏长庆集》卷四十五(台北:艺文印书馆,一九八一年版),页一○九六。

○86此语出自《北史·文苑传》及《隋书·文学传序》,系初唐史家站在北方正统意识下的产物。(鼎文版,页二七八二页、一七二九至一七三○)

○87据《乐府诗集》卷六十三《杂曲歌曲三》(台北:里仁书局,一九八四),页九一四至九一五。

○88同注八十,页九一六。

○89此处引诗据逯钦立《先秦汉魏晋南北朝诗》(台北:木铎出版社,一九八三年)。四首诗页次如下:页一二一一,一二六三,一六一九,一七七一。

○90见《韩非子》之《五蠹》、《八说》、《人主》篇(据杨家骆主编《韩非子集释》,台北:世界书局,一九九一年版),页次如下:页一○四○,一○四九,一○四○~一○四九,九七二~九九五,一一一八~一一二一。

○91《史记》卷一百二十四,《游侠列传》(鼎文版,页三一八一)。

○92清·表文典语,《永昌府文征》卷一二,《读史记》。

○93《汉书》卷九十二,《游侠传》(鼎文版,页三六九九)。

○94同注九十四,页三一八三。

○95《汉纪》卷十《孝武皇帝纪一》,台湾商务印书馆国学基本丛书,页九六—九七。案原文标点为"生于武毅,不挠久要,不忘本生之言"。此处据林保淳教授之标点断句。

○96《史记》卷一百七《灌夫传》(鼎文版,页二八四七)。

○97《汉书》卷七十七《黄诸葛刘郑孙毋将河传第四十七》,页三二六八。

(98)详见氏一～五章。台北:锦冠出版社,一九八七年十月。

(99)《乐府诗集》卷六十三《杂曲歌辞》,页九一四。

(100)同前。

(101)同前书,卷六十七《杂曲歌辞》,页九四八。

(102)同前。

(103)同前书,卷六十七《杂曲歌辞七》,页九七三。

(104)据《乐府诗集》卷六十六《杂曲歌曲六》(台北:里仁书局,一九八四),页九四九。

(105)据《乐府诗集》卷六十三《杂曲歌曲三》(台北:里仁书局,一九八四),页九一四。

(106)据丁仲祜《续历代诗话》本,页三九。台北艺文印书馆。

(107)商伟曾将所代侠客乐府中只知徘徊歌楼的少年,视为是反映唐代侠客之堕落。见氏著《论唐代的古题乐府》。《文学遗产》,一九八七年第二期。北平,中国社会科学院文学研究。

(108)语出龙鹏程《大侠》,第一章,页三。

(109)《乐府诗集》卷二十四《横吹曲辞四》页三五九。

(110)同前注。

(111)同前注,页三六一。

(112)《乐府诗集》卷八十四《杂歌谣辞二》,页一八四。

(113)同前注。

(114)《乐府诗集》卷六十七《杂曲歌辞七》,页九六九。

(115)陶渊明《咏荆轲》。同注七,页九八四至九八五。

(116)江淹《别赋》。据《增补六臣注文选》(汉京文化,一九八三年),页三〇五。

(117)《乐府诗集》卷六十六《杂曲歌辞六》,页九五九。

(118)同前注。

(119)《乐府诗集》卷六十七《杂曲歌辞七》,页九六四。

⑫⓪同前注。

⑫①《乐府诗集》卷二十三《横吹曲辞三》,页三四一。

⑫②《乐府诗集》卷六十六《杂曲歌辞六》,页九五三。

⑫③同注一百一十。

⑫④《紫骝马》,引书同注十二,页二四七九。

⑫⑤《紫骝马》,引书同注十二,页二六零五。

⑫⑥引书同注十二,页二四七六。

⑫⑦同前注。

⑫⑧引书同注十二,页二五四三。

⑫⑨本表所引诗全据《乐府诗集》(台北:里仁书局影印标点本,一九八一年版)。

⑬⓪引书同注十二,页一七五八。

⑬①引书同注十二,页二六〇七。

⑬②引书同注十二,页一七一七。

⑬③引书同注十二,页一八六六。

⑬④引书同注十二,页二六一四。

⑬⑤引书同注六三,卷二十九《相和曲辞四》,页四三〇。李颀《古从军行》,页四八五。

⑬⑥同前注,页四二六。

⑬⑦参氏著《历代昭君诗歌在主题上的转变》一文,收录于陈鹏翔《主题学研究论文集》(台北:东大图书公司,一九八三年)。

⑬⑧沈约鲍照的昭君诗讨论参《荆雍地带与南朝诗歌关系之研究》第四章第四节页一七六～一七七。

第五章　南朝边塞诗对后世的影响

关于南朝边塞诗的诸多问题,本文已在前述部分加以厘清与解决,所以原先文学史家所具有的"江左宫商发越,河朔词义贞刚"的思考模式①,将因一百多首南朝边塞诗的整理与重新定位而瓦解②。我们几乎可以断言,非但唐诗中山水、田园、宫体、咏物诸格出于南朝,即连雄健苍劲的边塞作品亦形成于南朝,本章的主旨即在尝试将唐及南宋边塞诗词受南朝影响的成分加以讨论,希望藉此揭露出后代边塞诗如何由南朝演化而来的轨迹。

第一节　对初唐边塞诗风的启迪

本节将处理南朝边塞诗对于初唐的影响。初唐边塞诗最醒目的是仍有不少作品还完全沿用南朝边塞之作惯用的乐府古题,像杨师道的《陇头水》其实是一首相当成熟的边塞之作,其"映雪峰犹暗,乘冰马屡惊。雾中寒雁至,沙上转蓬轻"③岂不遥启王少伯"青海长云暗雪山"的景致。但是《陇头水》一题经梁元帝、刘孝威、陈后主、顾野王、谢燮、张正见、江总诸家之手不断拟作,完全是南朝流韵。像虞世南的《出塞》:

雾峰黯无色,霜旗冻不翻。耿介倚长剑,日落风尘昏。④

　　此作分明就是岑参"纷纷暮雪下辕门,风掣红旗冻不翻"千古名句之所由。但《出塞》一题系由刘孝标、王褒及由陈入隋的薛道衡雕琢而来;像卢照邻《梅花落》"梅岭花初发,天山雪未开。雪处疑花满,花边似雪回",典型北南国对照写景的手法,下开边愁与闺怨一派:也是由陈后主、张正见、江总发展而来。为明其传承脉络,兹先表列如下:

初唐诗人	乐府诗名	南朝诗人
太宗皇帝	饮马长城窟行	梁沈约,王褒;陈后主,张正见
褒氏君徽	关山月	梁元帝;陈后主,张正见,徐陵,陆琼,阮卓,江总,贺力牧
杨师道	陇头水	梁元帝,刘孝威,车螯;陈后主,顾野王,张正见,谢燮,江总
虞世南	从军行二首	宋颜延之;梁简文帝,萧子显,沈约,吴均,刘孝仪,王褒,庾信;陈张正见
	拟饮马长城窟	同前引
	结客少年场行	宋鲍照;梁刘孝威,庾信
	出塞	梁刘孝标,王褒
王宏	从军行	同前引
庾抱	骢马	梁车螯,刘孝威
张文琮	昭君怨	梁沈约;陈后主
上官仪	王昭君	宋鲍照;梁庾信
王勃	陇西行	梁庾肩吾

初唐诗人	乐府诗名	南朝诗人
卢照邻	关山月	同前引
	紫骝马	陈后主,张正见,陈晖,祖孙登
	战城南	梁吴均;陈张正见
	梅花落	陈后主,张正见,江总
	结客少年场行	梁吴均;陈张正见
	陇头水	同前引
	刘生	梁元帝;陈后主,徐陵,张正见,江总
	昭君怨	同前引
韦承庆	折杨柳	梁简文帝;陈后主,岑之敬
杨炯	从军行	梁吴均;陈张正见
	有所思	梁吴均;陈后主,顾野王,张正见
	梅花落	同前引
	折杨柳	同前引
	刘生	同前引
	出塞	梁吴均;陈张正见
	紫骝马	同前引
	战城南	同前引
宋之问	王昭君	同前引
董思恭	昭君怨二首	同前引
郭震	王昭君三首	同前引
袁朗	饮马长城窟行	同前引
崔融	关山月	同前引
	从军行	同前引
骆宾王	从军行	同前引
	王昭君	同前引
张易之	出塞	同前引
乔知之	从军行	同前引
	出塞	同前引

续表

初唐诗人	乐府诗名	南朝诗人
刘希夷	从军行	同前引
		同前引
窦威	出塞	同前引
陈子昂	出塞	同前引
员半千	陇头水	同前引
沈佺期	关山月	同前引
	陇头水	同前引
	紫骝马	同前引
	上之回	同前引
	王昭君	同前引
	骢马	同前引

大量运用乐府古题除了在外在形式上极为醒目之外,更对内容主题产生间接的影响,南朝边塞乐府发展出来的各项主题均错落在初唐边塞诗中反映出来。

（一）游侠与边塞

以歌颂游侠行踪的方式来发展边塞诗是南朝对唐代一项重要的影响[5]。初唐承续这项主题最有力的是虞世南和卢照邻的《白马篇》;另外,虞世南、杨炯、骆宾王也以《从军行》转写侠客逐边的怀抱。鲍照《结客少年场行》:

骢马金络头,锦带佩吴钩。失意杯酒间,白刃起相仇。追兵一旦至,负剑远行游。去乡三十载,复得还旧丘。升高临四关,表里望皇州。九衢平若水,双阙似云浮。扶宫罗将相,夹道列王侯。日中市朝满,车马若川流。击钟陈鼎食,方驾自相求。令我独何为,坎壈怀百忧[6]。

刘孝威之作就在负剑远游之下,渲染出一片大漠行踪,边塞景色于焉浮现:

少年本六郡,邀游遍五都。插腰铜匕首,障日锦涂苏。鸷羽装银镝,犀胶饰象弧。近发连双兔,高弯落九乌。边城多紧急,即使满郊衢。居延箭菔尽,疏勒井泉枯。正蒙都护接,何由惮险途。千金募恶少,一麾擒骨都。勇余聊蹴鞠,战罢戏投壶。昔为北方将,今为南面孤。邦居行负弩,县令且前驱[7]。

到了虞世南、卢照邻的作品,非但侠少意气倍加昂扬,塞上风云亦墨色加浓:

韩魏多奇节,倜傥遗声利。共矜然诺心,各负纵横志。结交一言重,相期千里至。律沈明月弦。金络浮云辔,吹箫入吴市,击筑游燕肆。寻源博望侯,结客远相求。少年怀一顾,长驱背陇头。焰焰戈霜动,耿耿剑虹浮。天山冬夏雪,交河南北流。云起龙沙暗,木落雁门秋。轻生殉知己,非足为身谋[8]。

长安重游侠,洛阳富财雄。玉剑浮云骑,金鞭明月弓。斗鸡过渭北,走马向关东。孙宾遥见待,郭解暗相通。不受千金爵,谁论万里功。将军下天上,虏骑入云中。烽火夜似月,兵气晓成虹。横行徇知己,负羽远从戎。龙旌昏朔雾,鸟阵卷胡风。追奔瀚海咽,战罢阴山空。归来谢天子,何如马上翁[9]。

初唐边塞除了使用《结客少年场行》延续此一主题之外,《从军行》《出塞》也在这一阶段异军突起,共同担此重任。杨炯《从军行》:

烽火照西京,心中自不平。牙璋辞凤阙,铁骑绕龙城。雪暗凋旗画,风多
杂鼓声。宁为百夫长,胜作一书生[10]。

"雪暗凋旗画,风多杂鼓声"声色沈厚,"宁为百夫长,胜作一书生"游侠率犷
之语也。骆宾王之作亦然:

平生一顾重,意气溢三军。野日分戈影,天星合剑文。弓弦抱汉月,马足
践胡尘。不求生入塞,唯当死报君[11]。

唐人所谓"功名只向马上求"的梦想,一方面是反映唐代社会的现实状态,一
方面则是重复吟咏南朝初唐边塞诗的旋律。这的确是上承了南朝颜延之"苦
哉远征人,毕力干时艰"[12]、沈约"苦哉远征人,悲矣将如何"[13]以至于王褒"荒
戍唯看柳,边城不识春。男儿重意气,无为羞贱贫"的气魄[14]。除此之外,杨炯
有"丈夫皆有志,会见立功勋"[15];张易之有"侠客重恩光,骏马舒金装"[16];陈子
昂有"平生闻高义,书剑百夫雄"亦均是从游侠征尘写边塞[17]。而这项主题一
入盛唐就成为王维的"长安少年游侠客,夜上戍楼看太白。陇头明月迥临关,
陇上行人夜吹笛"之类的气概[18]。

(二)闺怨与边塞

阎采平在其《梁陈边塞乐府论》一文中强调,梁陈边塞乐府最突出的是
"将女性与征战联系起来,将闺阁与边塞联系起来"[19]。用我们的分类方式,应
该指的就是闺怨、边塞。其实南朝文人自己早已领略到闺怨与边塞的关系。
前述所引钟嵘《诗品》即云"或骨横朔野,或魂逐飞蓬,或负戈外戍,杀气雄边。

塞客衣单,孀闺泪尽"⑳,显然塞客与闺妇是边塞之作最鲜明对衬的主角。江淹《别赋》云:"或乃边郡未和,负羽从军。辽水无极,雁山参云。闺中风暖,陌上草薰……"㉑也是由闺中风暖的甜美中警觉到"辽水无极"的苍茫。这种两地空间、景物、人物、心情的拉扯,在本质上就是边塞诗人最动人的力量㉒。盛唐诗中"可怜无定河边骨,犹是深闺梦里人""少妇城南欲断肠,征人蓟北空回首"令人惊心动魄的奥秘处即在于此。这种结构在南朝可谓源远流长。最早的应是王褒、庾信的《燕歌行》。王褒之作以"无复汉地长安月,唯有漠北蓟城云""属国少妇犹年少,羽林轻骑数征行""胡笳向暮使人泣,还使闺中空伫立"来点出闺人怨边之神情㉓。庾信则以"妾警甘泉足烽火,君讶渔阳少阵云""自从将军出细柳,荡子空床难独守"的凄婉对照出"代北云气昼昏昏,千里飞蓬无复根"的漠北荒凉㉔。这种架构,在其他作品中甚为普遍,如顾野王《有所思》:

　　贱妾有所思,良人久征戍。笳鸣塞表城,花开落芳树㉕。

张正见《有所思》:

　　看花忆塞草,对月想边秋㉖。

徐陵《关山月》:

　　关山三五月,客子忆秦川。思妇高楼上,当窗应未眠㉗。

均是循此线索发展。初唐当然相当程度地继承了这项传统。杨炯的"贱妾留南楚,征夫向北燕。三秋方一日,少别比千年"就是由《有所思》一题而来[22]。卢照邻的"塞垣通碣石,虏障抵祁连。相思在万里,明月正孤悬。影移金岫北,光断玉门前。寄言闺中妇,时看鸿雁天"就是由《关山月》转来[29]。所不同的是前人所作系闺人怨边,而此处则转为征人思乡。韦承庆《折杨柳》的"万里边城地,三春杨柳节。叶似镜中眉,花如关外雪。征人远乡思,倡妇高楼别。不忍掷年华,含情寄攀折"[30],其中"花如关外雪"最能紧扣诗人辗转折腾于南国塞北的两地相思。此题在南朝历经梁简文帝、陈后主、岑之敬、江总诸人推敲。崔湜的"二月风光半,三边戍不还。年华妾自惜,杨柳为君攀"[31]。刘宪的"沙塞三河道,金闺二月春。碧烟杨柳色,江粉绮楼人"[32]。诸诗当然亦应系题于此。沈佺期《梅花落》的"铁骑几时回,金闺怨早梅。雪塞花已落,风暖叶还开"也和卢照邻一样,脱胎于南朝诸作中[33]。所以他的千古名句"可怜闺里月,长在汉家营"[34]"白狼河北音书断,丹凤城南秋夜长"虽然以《杂诗》《古意》为题[35],但显然是在诸多闺怨之作的渲染下烘云而出。由南朝初唐的长期经营,盛唐边塞当然闺情边怨四起。王昌龄《从军行》"烽火城西百尺楼,黄昏独坐海风愁"起笔有千钧之力,落地却在"更吹横笛关山月,谁解金闺万里愁"[36]。高适的"少妇城南欲断肠,征人蓟北空回首"使其《燕歌行》长篇描述战事倍增哀婉;李白的"长安一片月,万户捣衣声。秋风吹不尽,总是玉关情"[37]用的虽是子夜吴歌绮丽之题,却又有刚劲辽阔气象,关键就在长安玉关空间张力的拉扯。足见边塞与闺怨的结合,对盛唐气象的影响。

(三)咏马与边塞

"咏马"在南朝事实上是咏物的一种[38]。但是由于马的属性及奔驰的舞台,使得作家易于带出一片塞上风光。无论是陈张正见《紫馏马》里的"影绝乾河上,声流水窟中",《君马黄》里的"五色乘马黄,追风时减没。血汗染龙花,胡鞍抱秋月",还是李峤的"安用珂为玉,自有汗成珠"[39],都融合了边塞风光与马温良尽责、奋不顾身的双重特性,烘托出边塞雄壮奔驰的马上英姿。盛唐岑参《走马川行奉送出师西征诗》传诵千古的名句"马毛带雪汗气蒸"应该与此不无关系。

初唐的几首咏马诗在衔接这项传统上也有不少贡献。卢照邻《紫骝马》与沈佺期《骢马》既写马姿也写塞上风沙:

骝马照金鞍,转战入皋兰。塞门风稍急,长城水正寒。雪暗鸣珂重,山长喷玉难。不辞横绝漠,流血几时乾[40]。

西北五花骢,来时道向东。四蹄碧玉片,双眼黄金瞳。鞍上留明月,嘶间动朔风。借君驰沛艾,一战取云中[41]。

乔知之的《嬴骏篇》更用七言长篇细细雕琢,其中较突出的佳句为:

忽闻天将出龙沙,汉主特将驾鼓车。去去山川劳月夜,遥遥关塞断烟霞。山川关塞十年征,汗血流离赴月营。肌肤销远道,膂力尽长城。长城日夕苦风霜,中有连年百战场。摇珂啮勒金羁尽,争锋足顿铁菱伤[42]。

写其百战沙场,鞠躬尽瘁的悲壮之姿。马犹如此,人何以堪?此外尚有庾抱《骢马》、杨炯《紫骝马》、沈佺期《骢马》、杨师道《咏马》诸多诗作,足见此项主题在初唐的发展。

（四）昭君与边塞

以王昭君为主题的作品，由于事涉汉廷与匈奴的和亲政策，必然会带出胡汉的各项问题。尤其随着昭君出塞的场景，汉家明月，燕支寒雪萧然入诗，是最顺势利导的发展。鲍照的《王昭君》虽然只有"既事转蓬远，心随雁路绝。霜鞞旦夕惊，边笳中夜咽"[43]四句。但是"雁路"与"边笳"两个意象已将塞外家园辽阔的空间对照出来，而沈约的作品写来就错综复杂得多[44]。总之，王昭君的故事举手投足之际，若非汉廷之思，即为朔漠之泪。初唐上官仪的《王昭君》就是另一种贵族式的闺怨：

玉关春色唤，金河路几千。琴悲桂条上，笛怨柳花前。雾掩临妆月，风惊入鬓蝉，缄书待还使，泪尽白云天[45]。

张文琮《昭君怨》的结构与上官仪之作略同：

戎途飞万里，回首望三秦。忽见天山雪，还疑上苑春。玉痕垂粉泪，罗袂拂胡尘。为得湖中曲，还悲远嫁人[46]。

董思恭《昭君怨》二首写来亦有其宛转悲怆之处：

新年犹尚小，那堪远聘秦。裾衫沾马汗，眉黛染胡尘。举眼无相识，路逢皆异人，唯有梅将李，犹带故乡春。

琵琶马上弹，行路曲中难。汉月正南远，燕山直北寒。髻鬟风拂乱，眉黛雪沾残。斟酌红颜改，徒劳握镜看[47]。

其他宋之问、沈佺期也分别以王昭君为题为诗。昭君主题一入盛唐，就是李白的"燕支长寒雪作花，娥眉憔悴没胡沙"[48]。一般边塞都是美人在南国思边，或边人在外思乡。唯有昭君边塞是直接将美人置于冰雪风沙之间，进而让美人作思乡之感。这种三度空间的对照感，当然是边塞诗最可尽情发挥的对象。所以李颀的"行人刁斗风沙暗，公主琵琶幽怨多"[49]。写的虽然是汉武帝时江都王刘建女嫁乌孙之事，确是可以当作昭君怨的变调来看。

（五）语言运用的影响

南朝边塞乐府除了在主题方面影响初唐边塞之外，更在语言运用上塑造了唐代边塞诗极特殊强烈的风格，其原因本文前面曾提及，主要的是南朝边塞诗事实上在空间面将本身置于北方长安塞外，虽然南朝本身偏安江南，而在时间上又将自己投射于汉代[50]。也许正因为南朝诗就是建立在这种完全超越现实时空的想象领域中，反而能够随性率意地排列组合。像高适《燕歌行》里"枞金伐鼓下榆关，旌旗逶迤碣石间，校尉羽书飞瀚海，单于烈火照狼山"[51]。学者就认为唐代战役是不可能也不必要飞出瀚海面临狼山。事实上这些空间名词的运用是南朝边塞诗的传统格式。试就几项重要的名词运用记录如下，而其下所引为唐代运用相类于南朝边塞诗词汇的作品，关于南朝边塞诗本身，详参前章所引列，兹不赘述：

（1）在汉地上受到南朝惯用"长安"空间的影响

姓名	诗题	内容	页数
唐太宗	宴中山	回首长安道，方欢宴柏梁	页十八
明皇帝	旋师喜捷	边服胡尘起，长安汉将飞	页三十
卢照邻	结客少年场行	长安重游侠，洛阳富财雄	页五一三

姓名	诗题	内容	页数
	早度分水领	丁年游蜀道,班鬓向长安	页五一四
	还赴蜀中贻示京邑游好	回顾长安道,关山起夕霏	页五二七
骆宾王	从军中行路难	无复归云感短翰,空余望日想长安	页八三二
	在军登城楼	戎衣何日定,歌舞入长安	页八六三
张敬忠	边调	即今河畔冰开日,正是长安花落时	页八一九

（2）在胡地则常用瀚海、楼兰、蓟北、关山、雁门、交河、玉门、天山等西域战场、西北要地与东北边地

用瀚海			
姓名	诗题	内容	页数
唐太宗	饮马长城窟行	瀚海百重波,阴山千里雪	页三十
卢照邻	结客少年场行	追奔瀚海咽,战龙阴山空	页五一三
李白	塞上曲	萧条清万里,瀚海寂无波	页一七零一
岑参	白雪歌送武判官归京	瀚海阑干百丈冰,愁云惨淡万里凝	页二○五○
用楼兰			
虞世南	拟饮马长城窟	候期指楼兰,长城回路南	页四七○
王昌龄	从军行	黄沙百战穿金甲,不破楼兰誓不还	页一四四四
用蓟北			
卢照邻	送幽州陈参军赴任寄呈乡曲父老	蓟北三千里,关西二十年	页五二九
用关山			
卢照邻	于时春也慨然有江湖之思寄赠柳九陇	关山悲蜀道,花鸟忆秦川	页五一六
	赠益府群官	习翮毛衣短,关山道路长	页五一七
	和吴侍御被使燕然	关山有新曲,应向笛中吹	页五二六
	还赴蜀中贻示京邑游好	回顾长安道,关山起夕霏	页五二七
	送二兄入蜀	关山客子路,花柳帝王城	页五三一
张九龄	同綦毋学士月夜闻雁	月思关山笛,风号流水琴	页六○一
杨炯	送郑州周司空	望极关山还,秋深烟雾多	页六一三

128

续表

姓名	诗题	内容	页数
	早行	日月从来惜,关山独自赊	页六一五
	和郑仇校内省眺瞩思乡怀友	翰墨三余隙,关山四望悬	页六一六
王勃	采莲曲	共问寒江千里外,征客关山路几重	页六七二
	散关晨度	关山凌旦开,石路无尘埃	页六七四
李峤	奉和送金城公主适西蕃应制	曲怨关山月,妆消道路尘	页六九一
	笛	关山孤月下,来向陇头鸣	页七一零
杜审言	送和西蕃使	种落逾青光,关山度赤坂	页七三一
	赠苏味道	雨雪关山暗,风霜草木稀	页七三八
骆宾王	晚憩田家	心迹一朝舛,关山万里赊	页八三〇
	徒军中行路难二首	徒觉炎凉节物非,不知关山千万里	页八三三
	畴昔篇	我家迢递关山里,关山迢递不可越	页八三六
	咏怀	太息关山险,吁嗟岁月阑	页八六一
	久戍边城有怀京邑	关山暂超忽,形影叹艰虞	页八六三
	忆蜀地家人	东西吴蜀关山还,鱼来雁去雨难闲	页八六四
用雁门			
卢照邻	战城南	笳喧雁门北,阵翼龙城南	页五一二
	和吴侍御被使燕然	春归龙塞北,骑指雁门垂	页五二六
杨炯	送杨处士反初卜居曲江	雁门归去远,垂老脱袈裟	页六一四
骆宾王	从军中行路难二首	雁门迢递尺书稀,鸳被相思又带缓	页八三三
用交河			
卢照邻	昭君怨	合殿恩中绝,交河使渐稀	页五二三
骆宾王	从军中行路难二首	阴山苦雾埋高垒,交河孤月照连营	页八三三
	晚度天山有怀京邑	交河浮绝塞,弱水浸流沙	页八五四
用甘泉			
王勃	临高台	斜对甘泉路,苍苍茂陵树	页六七二
李峤	珠	甘泉宫起罢,花媚望风台	页七一一
用玉门			
卢照邻	关山月	影移金岫北,光断玉门前	页五一二

续表

姓名	诗题	内容	页数
骆宾王	在军中赠选还知己	魂迷金阙路,望断玉门关	页八五六
用天山			
卢照邻	梅花落	梅领花初发,天山雪未开	页五一三
	西使兼送孟学士南游	地道巴陵北,天山弱水东	页五二六
李峤	旌	影丽天山雪,光摇朔塞风	页七〇八
骆宾王	夏日游德州赠高四	雾卷天山静,烟销太史空	页八二九
	从军中行路难二首	阵云朝结晦天山,塞沙夕涨迷疏勒	页八三三
	晚度天山有怀京邑	忽上天山路,依然想物华	页八五四

(3)在国别上习惯以汉、胡对举

姓名	诗题	内容	页数
明皇帝	旅师喜捷	边服胡尘起,长安汉将飞	页三十
卢照邻	昭君怨	汉地草应绿,胡庭沙正飞	页五二三
	雨雪曲	雪似胡沙暗,冰如汉月明	页五二三
	和吴侍御被使燕然	胡笳折杨柳,汉使采燕支	页五二六
宋之问	王昭君	嫁来胡地日,不并汉宫时	页六四四
崔融	关山月	汉兵开郡国,胡马窥亭障	页七六四
骆宾王	从军行	弓弦抱汉月,马足践胡尘	页八四〇
沈佺期	王昭君	嫁来胡地日,不并汉宫时	页一〇三四
王昌龄	出塞二首之一	秦时明月汉时关,万里长征人未还。但使龙城飞将在,不教胡马渡阴山。	页一四四四
李白	千里思	李陵没胡沙,苏武还汉家	页一七〇七

(4)亦使用汉代出征统领"汉将""李将军"等故臣

用汉将			
陈子昂	送魏大从军	勿使燕然上,惟留汉将功	页九〇五
骆宾王	帝京篇	朱门无复张公子,灞亭谁畏李将军	页八三四

（5）讨伐对象则是"匈奴""单于""胡兵"

用匈奴			
卢照邻	梅花落	匈奴几万里,春至不知来	页五一三
杨炯	紫骝马	匈奴今未灭,画地取封侯	页六一三
李峤	城	何辛一万里,边徼捍匈奴	页七〇四
陈子昂	感遇诗三十八首之三	汉甲三十万,曾以事匈奴	页八九〇
用单于			
卢照邻	上之回	五营屯北地,万乘出西河。单于拜玉玺,天子按雕戈	页五一二
陈子昂	感遇诗三十八首之三五	西驰丁零塞,北上单于台	页八九四
	感遇诗三十八首之三七	朝入云中郡,北望单于台	页八九四
	送别出塞	单于不敢射,天子佇深功	页九〇〇
用胡兵			
李峤	倡妇行	胡兵屡攻战,汉使绝和亲	页七二五
杜审言	赠苏味道	胡兵战欲尽,虏骑猎犹肥	页七三八
陈子昂	感遇诗三十八首之十七	天道与胡兵,咄咄安可言	页八九二
	感遇诗三十八首之三四	每愤胡兵入,常为汉国羞	页八九四
	送别出塞	胡兵屯塞下,汉骑入云中	页九〇〇

（6）"长城""边城""边塞"等攻守临界线的使用

用长城			
卢照邻	紫骝马	塞门风稍急,长城水正寒	页五一二
	秦使益州至长安发钟阳驿	峻阻将长城,高标吞巨舫	页五一五
	雨雪曲	高阙银为阙,长城玉作城	页五二三
骆宾王	从军中行路难二首	君不见玉关尘色暗边庭,铜鞮难虏寇长城	页八三三
陈子昂	感遇诗三十八首之九	长城备胡寇,嬴过发其亲	页八九〇 至八九一
用边城			

续表

王勃	他乡叙兴	边城琴酒处,俱是越乡人	页六八一
杜审言	经行岚州	北地春光晚,边城气候寒	页七三六
骆宾王	畴昔篇	赖有边城月,常伴客旌悬	页八三六
	蓬莱镇	旅客春心断,边城夜望高	页八五三
	西行别东台详正学士	只应持此曲,别作边城春	页八五六
	宿温城望军营	虏地寒膠折,边城夜柝闻	页八五八
陈子昂	题居延古城赠乔十二知之	沧洲今何在,华发旅边城	页八九八
	答韩使同在边	边城方晏闭,斥堠始昭苏	页八九八
	晚次乐乡系	川原迷万国,道路入边城	页九〇四
张旭	春草	春草青青万里余,边城落日见离居	页一一八〇
用边塞			
骆宾王	诗怀古意上裴侍郎	一得视边塞,万里何苦辛	页八三二
陈子昂	度峡口山赠乔补阙知之王二无竞	信马胡关行,亦距汉边塞	页八九八

综合以上所述,可以得知:南朝边塞诗无论在质量两方面,均可以成为一个完整研究的领域与对象,其对唐代出现边塞一体有决定性的影响。初唐边塞诗作为唐代边塞诗的发端,无论在主题或遣词用字上以及相互之间所形成的特色,都是奠基于南朝。在整个南朝文学研究上加入边塞一体,并不只是量的增加,而是质的改变,因为南朝将由过去一般认定为绮丽柔美的偏格,提升至众体兼备的全格,而文学史的大结构亦必须重组。本章只是这项工程的小环节而已,仅止于想粗略描述南朝至初唐边塞诗的传承演变,至于盛唐与南宋部分,下节将逐递讨论。

第二节　在盛、中、晚唐边塞诗中的轨迹

一般讨论盛唐与中晚唐边塞诗的学者,大都会注意到两者之间的不同。盛唐边塞诗是唐帝国鼎盛时期的象征,可谓"盛唐气象"的表现,中晚唐诗人则面临国事日衰,战争不利,征戍无期的焦虑与惆怅[32]。盛唐边塞诗当然也会有许多非战的思想[33],但是大致上都还流露出一种自信与豪放,像岑参的《走马川行奉送出师西征》:

轮台九月风夜吼,一川碎石大如斗,随风满地石乱走。匈奴草黄马正肥,金山西见烟尘飞,汉家大将西出师。将军金甲夜不脱,半夜行军戈相拨,风头如刀面如割。马毛带血汗气蒸,五花连钱旋作冰,幕中草檄砚水凝。虏骑闻之应胆慑,料知短兵不敢接,车师西门伫献捷[34]。

岑参此诗虽然极力铺写边塞征战之苦,却在艰苦之中流露出盛唐的自信与豪放。相形之下,司空曙的《关山月》就流露出一种挫折感与哀伤之情:

苍茫明月上,夜夜光如织。野幕冷胡霜,关楼宿边客。陇头秋露暗,碛外寒沙白。唯有故乡人,沾裳此闻笛[35]。

全诗以苍茫夜光,野幕胡霜,陇头秋暗及乡人闻笛,倾诉着一种历尽沧桑的痛楚。还有李益的"不知何处吹芦管,一夜征人尽望乡"[36]更是倾泄出一种对战争的疲惫之感。关于盛唐边塞与中晚唐边塞风格的异同,当然是一项非常有

意义的议题,笔者将在他文另行讨论。在本论文的架构之下,重点还是集中在探讨南朝边塞诗究竟对于盛中晚唐的边塞诗有哪些结构性的影响。

南朝边塞诗对盛中晚唐诗人最明显的影响是:乐府古题的延续。就以盛唐最负盛名的边塞诗人高适而言,其享誉千古的《燕歌行》就是由梁元帝、庾信、王褒一路发展而来,其来龙去脉已详论于本文第三章第二节。另外,其《蓟门行五首》也是由鲍照、庾信、徐陵而来,如第三首"蓟门逢古老,独立思氛氲。一身既零丁,头鬓白纷纷。勋庸今已矣,不识霍将军",与第四首"茫茫长城外,日没更烟尘。胡骑虽凭陵,汉兵不顾身。古树满空塞,黄云愁煞人"[57]仍然留有南朝边塞的骨干。李白的边塞诗也大都用南朝乐府,计有《出自蓟北门行》《白马篇》《从军行二首》《战城难》《关山月》《紫骝马》。其中《出自蓟北门行》的"虏阵横北荒,胡星曜精芒。羽书速惊电,烽火昼连光""途东沙风紧,旌旗飒凋伤。画角悲海月,征衣卷天霜"[58]也是和高适一样由鲍照、庾信、徐陵而来。而其"明月出天山,苍茫云海间。长风几万里,吹度玉门关"的《关山月》[59],就是沿着梁元帝、王褒、陈后主、陆琼、张正见、徐陵、贺力牧、阮卓、江总的格局发展而来。其"紫骝行且嘶,双翻碧玉蹄""白雪关山远,黄云海树迷"的《紫骝马》[60]就是顺着陈后主、李爕、徐陵、张正见、陈暄、祖孙登、江总的马蹄鞭影直奔而下。王维《从军行》里"笳悲马嘶乱,争渡金河水。日暮沙漠垂,战声烟尘里"[61]也是由颜延之、梁简文帝、萧子显、沈约、吴均、刘孝仪、王褒、张正见的格局推展而来。张籍《陇头行》的"陇头已断人不行,胡骑夜入梁州城。汉家处处格斗死,一朝尽没陇西地"[62]也是延续了梁元帝、刘孝威、陈后主、顾野王、张正见、谢爕、江总的传统。卢纶的"卷旗收败马,断碛拥残兵""雪岭无人迹,冰河足雁声"[63]、刘长卿的"落日更萧条,北方动枯草。将军追虏骑,夜失阴山道"、"草枯秋塞上,望见渔阳郭。胡马嘶一声,汉兵泪双落"均为《从军行》系列[64]，到了晚唐诗人令狐楚的《从军词五首》也还延续着此一源远流长的传统，兹将其全诗载录如下：

> 荒鸡隔水啼，汗马逐风嘶。终日随征旆，何时罢鼓鼙？
>
> 孤心眠夜雪，满眼是秋沙。万里犹防塞，三年不见家。
>
> 却望冰河阔，前登雪岭高。征人几多在，又拟战临洮。
>
> 胡风千里惊，汉月五更明。纵有还家梦，犹闻出塞身。
>
> 暮雪连青海，阴云覆白山。可怜班定远，出入玉门关。[65]

可见单就乐府古题的模拟延续，几乎贯串盛中晚唐的诗人边塞作品，今将盛中晚唐边塞古乐府之作，列表如下：

盛、中、晚唐诗人	辞类	辞名	南朝诗人
王维	相和歌辞	从军行	宋颜延之；梁简文帝，萧子显，沈约，吴均，刘孝仪，王褒；陈张正见
	横吹曲辞	陇头吟	梁元帝，刘孝威；陈后主，顾野王，张正见，谢燮，江总
	横吹曲辞	出塞	梁刘孝标，王褒
王昌龄	相和歌辞	从军行	宋颜延之；梁简文帝，萧子显，沈约，吴均，刘孝仪，王褒；陈张正见
	横吹曲辞	出塞	梁刘孝标，王褒
	杂曲歌辞	变行路难	宋鲍照；齐僧宝月
李颀	相和歌辞	从军行	宋颜延之；梁简文帝，萧子显，沈约，吴均，刘孝仪，王褒；陈张正见
陶翰	相和歌辞	燕歌行	梁元帝，萧子显，王褒，庾信
刘长卿	相和歌辞	从军行	宋颜延之；梁简文帝，萧子显，沈约，吴均，刘孝仪，王褒；陈张正见

续表

盛、中、晚唐诗人	辞类	辞名	南朝诗人
王翰	相和歌辞	饮马长城窟行	梁沈约,王褒;陈后主,张正见
李希仲	杂曲歌辞	蓟门行二首	宋鲍照;梁庾信;陈徐陵
刘元淑	杂曲歌辞	妾薄命	梁刘孝威
李白	杂曲歌辞	出自蓟北门行 白马篇	宋鲍照;梁庾信;陈徐陵 宋鲍照;齐孔稚珪;梁沈约,徐悱
	相和歌辞	从军行二首	宋颜延之;梁简文帝,萧子显,沈约,吴均,刘孝仪,王褒;陈张正见
	鼓吹曲辞 横吹曲辞	战城南 关山月	梁吴均;陈张正见 梁元帝;陈后主,张正见,徐陵,陆琼,阮卓,江总,贺力牧
	横吹曲辞	紫骝马	陈后主,张正见,陈晖,祖孙登
刘湾	横吹曲辞	出塞	梁刘孝标,王褒
高适	杂曲歌辞 相和歌辞	蓟门行五首 燕歌行	宋鲍照;梁庾信;陈徐陵 梁元帝,萧子显,王褒,庾信
杜甫	横吹曲辞	前出塞九首 后出塞九首	梁刘孝标,王褒 梁刘孝标,王褒
贾至	相和歌辞	燕歌行	梁元帝,萧子显,王褒,庾信
皇甫冉	横吹曲辞	出塞	梁刘孝标,王褒
王之涣	横吹曲辞	出塞	梁刘孝标,王褒
耿湋	横吹曲辞	出塞	梁刘孝标,王褒
	横吹曲辞 横吹曲辞	入塞 关山月	梁王褒 梁元帝;陈后主,张正见,徐陵,陆琼,阮卓,江总,贺力牧
于鹄	横吹曲辞	出塞	梁刘孝标,王褒
戎昱	相和歌辞	从军行	宋颜延之;梁简文帝,萧子显,沈约,吴均,刘孝仪,王褒;陈张正见
王建	相和歌辞 横吹曲辞	饮马长城窟行 陇头水	梁沈约,王褒;陈后主,张正见 梁元帝,刘孝威;陈后主,顾野王,张正见,谢燮,江总

盛、中、晚唐诗人	辞类	辞名	南朝诗人
卢纶	相和军辞	从军行	宋颜延之;梁简文帝,萧子显,沈约,吴均,刘孝仪,王褒;陈张正见
李约	相和歌辞	从军行三首	宋颜延之;梁简文帝,萧子显,沈约,吴均,刘孝仪,王褒;陈张正见
李端	杂曲歌辞	妾薄命三首之二	梁刘孝威
张籍	相和歌辞 横吹曲辞 横吹曲辞 杂曲歌辞 横吹曲辞	度关山 雨雪曲 陇头 妾薄命 出塞	梁简文帝;陈张正见 陈张正见,江晖,江总,陈暄,谢燮 梁元帝,刘孝威;陈后主,顾野王,张正见,谢燮,江总 梁刘孝威 梁刘孝标,王褒
王涯	相和歌辞	从军行三首	宋颜延之;梁简文帝,萧子显,沈约,吴均,刘孝仪,王褒;陈张正见
令狐楚	相和歌辞	从军行五首	宋颜延之;梁简文帝,萧子显,沈约,吴均,刘孝仪,王褒;陈张正见
长孙左辅	横吹曲辞	关山月	梁元帝;陈后主,张正见,徐陵,陆琼,阮卓,江总,贺力牧
鲍溶	横吹曲辞	陇头吟	梁元帝,刘孝威;陈后主,顾野王,张正见,谢燮,江总
张祜	琴曲歌辞 横吹曲辞 相和歌辞	思归引 入关 从军行	梁刘孝威 梁吴均 宋颜延之;梁简文帝,萧子显,沈约,吴均,刘孝仪,王褒;陈张正见
杜颛	相和歌辞	从军行	宋颜延之;梁简文帝,萧子显,沈约,吴均,刘孝仪,王褒;陈张正见
厉玄	相和歌辞	从军行	宋颜延之;梁简文帝,萧子显,沈约,吴均,刘孝仪,王褒;陈张二见
马戴	相和歌辞 横吹曲辞	度关山 出塞	梁简文帝;陈张正见 梁刘孝标,王褒

盛、中、晚唐诗人	辞类	辞名	南朝诗人
翁绶	横吹曲辞	陇头吟	梁元帝,刘孝威;陈后主,顾野王,张正见,谢燮,江总
	横吹曲辞	雨雪曲	陈张正见,江晖,江总,陈暄,谢燮
罗隐	横吹曲辞	陇头吟	梁元帝,刘孝成;陈后主,顾野王,张正见,谢燮,江总
沈彬	横吹曲辞	入塞	梁王褒
刘驾	鼓吹曲辞	战城南	梁吴均;陈张正见
	横吹曲辞	出塞	梁刘孝标,王褒
僧皎然	相和歌辞	从军行	宋颜延之;梁简文帝,萧子显,沈约,吴均,刘孝仪,王褒;陈张正见
	横吹曲辞	陇头水二首	梁元帝,刘孝威;陈后主,顾野王,张正见,谢燮,江总
僧贯休	鼓吹曲辞	战城南二首	梁吴均;陈张正见
	横吹曲辞	出塞	梁刘孝标,王褒
	横吹曲辞	入塞	梁王褒

南朝边塞诗对盛中晚唐边塞诗的影响,除了经由乐府古题精神传统的传递之外,最具体的仍然是空间地域及战将人物的延续。就以盛唐边塞诗的代表人物岑参而言,其边塞诗最大的特点,是不太习用南朝边塞乐府古题,但是其人物地名仍然再三引用南朝边塞传统,其名作《武威送刘单判官赴安西行营便呈高开府》《发临洮将赴北庭留别》《走马川行奉送封大夫出师西征》《轮台歌奉送封大夫出师西征》《轮台即事》《北庭西郊候封大夫受降回军献上》《白雪歌送武判官归京》都是用临景即事的方法直接描写⑥,但是若分析其中语汇,会发现南朝边塞诗用语的习惯仍然错落其间:

西望云似蛇,戎夷知丧亡。泽驱大宛马,系取楼兰王。(武威送刘单判官

赴安西行营便呈高开府）

闻说轮台路，连年见雪飞。春风不曾到，汉使亦应稀。（发临洮将赴北庭留别）

匈奴草黄马正肥，金山西见烟尘飞。汉家大将西出师。（走马川行奉送封大夫出师西征）

轮台城头夜吹角，轮台城北旄头落。羽书昨夜过渠黎，单于已在金山西。（轮台歌奉送封大夫出师西征）

轮台风物异，地是古单于。三月无青草，千家尽白榆。（轮台即事）

胡地首蓿美，轮台征马肥。大夫讨匈奴，前月西出师……直上排青云，傍看疾若飞。前年斩楼兰，去岁平月氏。（北庭西郊候封大夫受降回军献上）

瀚海阑干百丈冰，愁云惨淡万里凝。中军置酒饮归客，胡琴琵琶与羌笛。（白雪歌送武判官归京）

　　详析上选诗句，可以发现楼兰、轮台、瀚海均是南朝边塞诗惯常出现的地；汉家大将、匈奴单于也是南朝边塞诗一再对举的战争人物。有些学者认为岑参是边塞诗人第一位亲身经历西南战地的作家，所以其地域名词的描写都是实景实写[67]。其实如果从南朝边塞诗语汇发展史的角度来看，岑参应该是“按图索骥”。换句话说：是南朝边塞传统提供了边塞诗的基本骨架，而唐人如岑参者则在此基本格局中，注入自己的生命，一旦溯本追源，南朝边塞诗对岑参的影响仍然有迹可寻。至于其他诗人，在这方面受南朝边塞诗影响的，就更遍布盛中晚唐时期，兹摘引列表说明如下[68]：

（一）地理位置则常用甘泉（13首）、玉门（34首）、玄菟（5首）、交河（56首）、阴山（87首）、雁门（63首）、关山（206首）、蓟北（37首）、天山（81首）等西域战场、西北要地与东北边地（以下摘录列之）

姓名	诗题	内容	页数
用甘泉			
李白	上之回	前军细柳北,后骑甘泉东	1695
白居易	酬别微之	犹被分司官羁绊,送君不得过甘泉	5090
用玉门			
李欣	古从军行	闻道玉门犹被遮,想将性命逐轻车	1348
王昌龄	从军行七首之四	青海长云暗雪山,孤城遥望玉门关	1444
李白	关山月	长风几万里,吹度玉门关	1689
岑参	玉门关尽将军歌	玉门关城迥且孤,黄沙万里百草枯	2059
令胡楚	从军词五首之五	可怜班定远,生入玉门关	3750
用玄菟			
李商隐	随师东	可惜前朝玄菟郡,积骸成莽阵云深	6207
长孙佐辅	关山月	始经玄菟塞,终绕白狼河	5335
用交河			
李颀	古从军行	白日登山望烽火,黄昏饮马傍交河	1348
岑参	火山云歌送别	缭绕斜吞铁关树,氛氲半掩交河戍	2052
杜甫	高都护骢马行	腕促蹄高如踣铁,交河几蹴曾冰裂	2255
用阴山			
高适	送浑将军出塞	控弦尽用阴山儿,登阵常骑大宛马	2219
李益	五城道中	天寒白登道,塞浊阴山雾	3210
鲍溶	归雁	啼余碧窗梦,望断阴山行	5524
用雁门			
李白	古风	昔别雁门关,今戍龙庭前	1671

张祜	雁门太守行	鱼金虎竹天上来,雁门山边骨成灰	5796
白居易	听芦管	似临猿峡唱,疑在雁门吹	5254
李益	北至太原	南阮羊肠险,此走雁门寒	3206
马戴	留别定襄卢军事	行行与君别,路在雁门西	6438
用关山			
王维	陇西行	关山正飞雪,烽戍无断烟	1236
王昌龄	从军行七首之一	更吹羌笛关山月,无那金闺万里愁	1444
孟浩然	凉州词	坐看今夜关山月,思杀边城游侠儿	1668
李白	紫骝马	白雪关山远,黄云海戍迷	1708
杜甫	洗兵马	三年笛里关山月,万国兵前草木风	2279
戴叔伦	崇德道中	关山明月到,怆恻十年游	3075
高适	答侯少府	北使经大寒,关山饶苦辛	2197
李益	夜宴观石将军舞	更闻横笛关山远,白草胡沙西塞秋	3227
张籍	关山月	关山秋来雨雪多,行人见月唱边歌	4284
长孙佐辅	关山月	关山见秋月,何处最伤心	5535
翁绶	折杨柳	殷勤攀折赠行客,此去关山雨雪多	6939
用蓟北			
刘禹锡	平齐行二首	胡尘昔起蓟北门,河南地属平卢军	3998
高适	自蓟北归	驱马蓟门北,北风边更哀	2233
用天山			
李白	关山月	明月出天山,苍茫云海间	1689
李白	塞下曲六首之一	五月天山雪,无花只有寒	1700
岑参	白雪歌送武判官归京	轮台东门送君去,去时雪满天山路	2050
岑参	灭胡曲	萧条房尘净,突兀天山孤	2101
温庭筠	边笳曲	上郡隐黄云,天山吹白草	6711
李益	从军北征	天山雪后海风寒,横笛偏吹行路难	3226
胡曾	华亭	西戎不敢过天山,定远功成白马间	7425

（二）使用汉代出征将领"嫖姚"（68首）、"汉将"（35首）、"李将军"（19首）等。（以下摘录列之）

姓名	诗题	内容	页数
用嫖姚、汉将、李将军			
李白	塞下曲六首之六	汉皇按剑起，还召李将军	1700
李白	塞下曲六首之三	功成画麟阁，独有霍嫖姚	1700
韦应物	送李侍御益赴幽州幕	始从车骑幕，今赴嫖姚军	1936
杜甫	后出塞五首之一	借问大将谁，恐是霍嫖姚	2293
张祜	塞下曲	二十逐嫖姚，分兵远戍辽	5822
高适	送浑将军出塞	银鞍玉勒绣蝥弧，每逐嫖姚破骨都	2219
李益	送柳判官赴振武	君逐嫖姚将，麒麟有战功	3216
顾况	塞上曲	汉将怀不平，仇扰当远屏	2933

（三）征伐的对象则是"西戎"（吕首）、"胡兵"（42首）、"匈奴"（57首）、"单于"（118首）、"楼兰"（45首）等。且以"汉地"自称。（以下摘录列之）

姓名	诗题	内容	页数
用西戎			
杜甫	诸将五首之一	见愁汗马西戎逼，曾闪朱旗北斗殷	2511
刘驾	边军过	军回人更多，尽系西戎来	6777
胡曾	玉门关	西戎不敢过天山，定远功成白马间	7425
用胡兵			
王昌龄	从军行二首之一	去为龙城战，正值胡兵袭	1421
岑参	行军诗二首之一	胡兵夺长安，宫殿生野草	2047
用匈奴			
李白	白马篇	叱咤经百战，匈奴尽奔逃	1699
李白	塞上曲	大汉无中策，匈奴犯渭桥	1701

姓名	诗题	内容	页数
贾至	燕歌行	匈奴慴窜穷发北,大荒万里无尘飞	2594
李益	夜发军中	半夜军书至,匈奴寇六城	3209
用单于			
王昌龄	变行路难	单于下阴山,砂砾空飒飒	1420
李白	从军行	愿斩单于首,长驱静铁关	1710
岑参	轮台即事	轮台风物异,地是古单于	2091
杜甫	前出塞九首之八	单于寇我垒,百里风尘昏	2292
李希仲	蓟北行两首之二	塞日鼓声急,单于夜将奔	1616
刘湾	李陵别苏武	转战单于庭,身随汉军没	2012
高适	塞上	总戎扫大漠,一战擒单于	2190
贾至	出塞曲	传道五原烽火急,单于昨夜寇新秦	2597
李益	塞下曲	秦逐长城城已摧,汉武此上单于台	3225
令胡楚	塞下曲二首之一	雪满衣裳兵满须,晓随飞将伐单于	3751
马戴	出塞词	卷旗夜劫单于帐,乱斫胡儿缺宝刀	6452
用楼兰			
李白	塞下曲六首之一	愿将腰下剑,直为斩楼兰	1700
杜甫	秦州杂诗二十首之七	属国归何晚,楼兰斩未还	2417
用汉地			
张祜	笛	龙吟烟水空,虏尘深汉地	5813
李端	瘦马行	往时汉地相驰逐,如风如雨过平陆	3239
刘商	胡笳十八拍 第五拍	水头宿兮草头坐,风吹汉地衣裳破	3451

由以上所述及表列资料,可以看出南朝边塞诗对盛中晚唐边塞诗的影响,几乎是如影随形。

一般唐代边塞诗的学者,往往只从唐代的作品出发,认为只有唐代的边塞诗才是正格大宗,论及南朝边塞诗时,大都认为其只具备一些抽象的地理名词,其实整个边塞诗史应该作适度的调整。换句话说,边塞诗的基本格式是由南朝所决定,唐人边塞虽然由于部分诗人亲赴边戎所带来的实感经验,但是这些实感经验必须攀附在由南朝所发展出来的基本格式中。因此,是汉代建立了历史上的边塞,是南朝建立了文学上的边塞,而由唐人蔚为大观。

第三节　与宋代边塞诗词的遥契

南朝边塞诗所形成的风格,不仅对于有唐一代三百多年的边塞诗有着明显的规范性,甚至对赵宋一代也仍然持续着发挥其规范性的影响力。有宋一代,边疆民族的问题比汉唐时期更为严重,夷狄交侵,烽火四起,更严重的是赵宋王朝几乎都是处于挨打的局面,动辄割地称臣,丧权辱国,种种处境,当然会激发诗人对边塞战争的关怀。赵宋所面对的外族,主要以辽、金、西夏为主,但是耐人寻味的是,宋代的边塞诗仍然和六朝边塞诗一样,喜欢援引汉代时空、人物典故。北宋胡宿《旧将》一诗即云:[69]

曾上燕然勒汉兵,白头麟阁见仪形。三朝自是山西将,百战曾焚老上廷
……

《飞将》亦云:

曾从嫖姚立战功,朔方犹畏紫髯翁。雕戈夜统千庐会,缇骑秋畋五柞宫
……

《塞上》又云:

汉家神箭定天山,烟火相望万里间。契利请盟金匕酒,将军归卧玉门关……

诗中明显地引用"燕然""汉兵""嫖姚""朔方""汉家""天山""玉门关"都是汉代边塞典故。宋祁《塞垣》一诗亦然:⑦

塞垣八月暮,百卉已凄然。沙惊瓯脱路,雾暗单于天。卫霍始开府,辛赵数屯边。尘霜犇金戟,攒月驶飞铤。雕弧六钧劲,犀札七重穿。一战薄瀚海,再讨穷祁连。露布报天子,称觞寿万年……

诗中"单于""卫霍"都是汉代的胡王、汉将;"瀚海""祁连"也是南朝边塞诗中一再出现的地名。更有趣的是,有些诗人根本在诗题上就直接将所有边疆民族一概称为"匈奴",如梅尧臣《送石昌言舍人使匈奴》诗云:⑦

燕然山北大单于,汉家皇帝与玺书。持书大夫腰金鱼,飞龙借马出国都……

全诗几乎是忘掉了整个唐代历史的存在,而直接站在六朝的焦距上紧扣汉代人物时空,当然,宋代诗人并非完全遗忘唐代战争的存在,像胡宿的《凉州》就有"一从天宝陷凉州,路绝阳关数百秋。谁念弓裘侵紫塞,空余歌舞在红楼"⑦之句,但是这样的例子不多见,并且少了汉代边将和匈奴胡兵,似乎就少了大漠风沙的苍茫与刚劲。所以,文彦博的《塞下曲二首之一》及《从军行》还是

回到南朝边塞诗的传统之中：[73]

> 老上焚庭后，昆邪右衽时。休开小月阵，罢祷拂云词。徒觉箸竿劲，宁闻羽檄驰。祁连皆积雪，渠答夜应施。
>
> 汗马出长城，横行十万兵。晨驱左贤阵，夕掩亚夫营。雪压龙沙白，云遮瀚海平。燕山纪功后，麟阁耀鸿名。

"休开小月阵"用的就是梁简文帝《从军行》"先平小月阵，却灭大宛城"[74]的典故；"瀚海""燕山"也都是南朝边塞诗一再出现的地名。最重要的是文彦博的诗若置诸南朝诗集中，也几乎不可辨认。欧阳修是宋诗大家，也有"汉使入幽燕，风烟两国间"《送谢希深学士北使》、"汉军十万控山河，玉帐优游暇日多"（送渭州王龙图）[75]；韩琦系宋代守边大将，诗作中也出现"有志铭燕石，无劳误汉坛"（甲午冬阅）[76]的汉代典故；刘敞《贺范龙图兼知延安》一诗即有"郅都守穷边，匈奴为之去"[77]，仍然是以汉代匈奴指涉宋代边患，其《送刘泾州》一诗也有"少虽侍中贵省士，匈奴宜避飞将军"[78]，李广飞将军勇破匈奴的军威，还是由南朝时期传颂至今；司马光的"红旗一簇聚山椒，霁日清风看射雕。脱帽胡儿遥稽首，汉家新将霍嫖姚"（边将三首之一）[79]；王安石的"阴山健儿鞭鞚急，走势能追北风及"、"飞将自老南山边，还能射虎随少年"（阴山射虎图）[80]与"燕山雪花大如席，与兄洗面作光泽"（胡笳十八拍 第十七）[81]，其中"阴山""燕山""霍嫖姚""飞将"用的当然是南朝边塞诗的系列名词。苏轼《闻洮西捷报》：[82]

> 汉家将军一丈佛，诏赐天池入尺龙。露布朝辞玉关塞，捷书夜到甘泉宫。

几乎让汉代边塞之战重演。苏辙《惠州》亦然：[83]

> 孤城千室闭重闉，苍莽平川绝四邻。汉使尘来空极目，沙场雪重欲无春。
>
> 羞归应有李都尉，念旧可怜徐舍人。会逐单于渭桥下，欢呼齐拜属车尘。

江西诗派黄庭坚《和游景叔月报三捷》：[84]

> 汉家飞将用庙谋，复我匹夫匹妇仇。真成折箠禽胡月，不足黄榆牧马秋。
>
> 幄中已断匈奴臂，军前可饮月氏头。愿见呼韩朝渭上，诸将不用万户侯。

可见北宋诗人在辽、西夏等外族的欺凌之下，心中不时想念着汉武北伐之气度与飞将军抗胡的雄姿，其对汉代天威的向往并不亚于南朝诗人心中的曲折。

南宋渡江临安以后，其诗人的处境更加接近南朝建康文士，虽然其作品中也偶而会清楚认识到南北的战场系江淮一线，并非长城塞外，但是这种现实的认知，往往一闪而逝，诗人作品中还是跌入汉代历史的回忆。如诗人叶梦得《再至建康二首之二》：[85]

> 谈笑定谁能却敌，衰慵真自笑飞夫。淮南金鼓连沧海，为趣嫖姚速破胡。

诗中本以划定南北交战之地为淮南，可是一转眼诗人又陷入到对汉代嫖姚的崇拜之中。所以其《敌兵复过河王师出讨》即云："羽檄初征天下兵，误惭一阵守王城。秦兵出岭终何得,汉将征辽会扫平。"⑧《立秋二首之二》亦云:"十年空斗五单于,坐谈激烈心犹在。"⑧张纲《闻大帅勇决直趋北界喜而作此》:"牙旗动处拥貔貅,直渡黄河塞草秋。百万胡儿阵前死,肯教卫霍独封侯。"⑧其中曹勋《饮马长城窟行》《代北行》二作几乎一如出自南朝边塞诗人之手:⑧

> 汉马饮长城,匈奴空塞北。楼兰与乌丸,先驱出绝域。月氏合康居,受诏发疏勒。右校罗天山,左出林胡国。嫖姚登狼居,旌旗照穹碧。号令明秋霜,毳帐余空壁。瀚海无惊波,献捷走重译。大将朝甘泉,后部腾沙碛。九宇动声容,功烈光偏籍。将军拜通侯,歌舞连朝夕。
>
> 汉地山河远,边城草木长。西戎空大夏,朔骑送君王。礼乐兼三统,车书混八荒。征伐司卫霍,奉使遣苏张。号令知无外,衣冠入夜郎。搜兵临瀚海,郡县裂姑臧。邮传通族障,奚奴识宪章。华夏同正朔,天子坐明堂。西极奉龙马,何用赘白狼。

至于南渡大诗人陆游,这一类的作品几乎是俯拾可得,如《陇头水》开篇四句即云:"陇头十月天雨霜,壮士夜挽绿沉枪。卧闻陇水思故乡,三更起坐泪数行"⑧是以"陇头""陇水"带出北地风寒;而《出塞曲》则是通篇令人如置身汉代帝国:

> 北风吹急雪,夜半埋毡庐。将军八千骑,万里逐匈奴。汉家如天臣万邦,欢呼动地单于降。铃声南来金闪烁,赦书已报经沙漠。⑨

除了用乐府古题的作品呈现出南朝边塞风格之外,其他另创新题的作品,也出现了南朝边塞的规格。如《野饮夜归戏作》即云："青海天山战未麐,即今尘暗旧戎袍。风高乍觉弓声劲,霜冷初增酒兴豪。"[92]辛弃疾的《丙寅岁山间竞传诸将有下棘寺者》亦云:

去年骑鹤上扬州,意气平吞万户侯。谁使匈奴来塞上,却从廷尉望山头。[93]

辛弃疾系南宋词学大家,其为诗抒写边塞仍然不脱南朝边塞传统。杨万里《跋丘宗卿侍郎见赠使北诗一轴》云:"手持汉节捉秋月,弓挂天山鸣积雪。"[94]吕定《扈驾》云:"令严星火诸军奋,直斩单于塞上归。"[95]刘克庄《郑宁示边报走笔戏赠》云:"曾客嫖姚与伏波,惯骑生马拥珊戈。"[96]汪元量《南归对客》:"北行三十载,痴懒身羁孤。勒马向天山,咄咄空踟蹰。穷阴六月内,白雪飞穹庐。"[97]上引诸诗中均不断出现汉代地域人物之名。除此之外,最耐人寻味的是,杨冠卿的《塞上与郑将夜饮》,杨氏所谓的"塞上",事实上系指宋金交界的江淮要塞,可是杨冠卿却又将江淮要塞想象成西北要塞,诗云:

白发将车夜枕戈,楼兰未斩愁奈何。挑灯看剑泪如洗,那听萧萧易水歌。[98]

可见南宋诗人在空间思维的模式上,几乎和南朝诗人如出一辙。一方面客观关注江淮兵戎要塞,一方面却总又将其与北方的长城要塞混淆在一起。以上所论,可得知南朝边塞诗人如何遥契南宋边塞诗人的时空思维。

南朝边塞诗不仅对宋朝边塞诗影响如此之深远,更值得令人注意的是,

其特殊的时空思维方式,竟然还延伸到词学的领域里。范仲淹最脍炙人口的
《渔家傲》就是一首典型之作:

> 塞下秋来风景异,衡阳雁去无留意,四面边声连角起。千嶂里,长烟落日
> 孤城闭。
> 浊酒一杯家万里,燕然未勒归无计,羌管悠悠霜满地。人不寐,将军白发
> 征夫泪。㉙

范仲淹此词用"塞下秋来""四面边声"映衬出"落日孤城"的苍茫;"燕然未
勒"又点出了汉人壮志的雄厚之感。当然,宋代词人有时候会非常清晰地界
定出与其敌对的边疆异族,像柳永的《一寸金》就点出:

> 井络天开,剑岭云横控西夏。⑩

苏轼《阳关曲》亦云:

> 恨君不取契丹首,金甲牙旗归故乡。⑩

但是这些例子还是比不上岳飞《满江红》那句铿锵有力的:

> 壮志饥餐胡虏肉,笑谈渴饮匈奴血。⑩

其他如曹冠《蓦山溪·渡江咏潮》即云:"丈夫志业,当使列云台,擒颉利,斩楼

兰,雪耻歼狂虏"⑩;辛弃疾则又以《卜算子》:"千古将军,夺得胡儿马。"⑩说明
了宋代词人的汉代情结。时彦《青门饮》:"胡马嘶风,汉旗翻雪。"⑩蔡挺《喜
迁莺》:"霜天清晓,望紫塞古垒,寒云衰草。汗马嘶风,边鸿翻月,陇上铁衣寒
早。剑歌骑曲悲壮,尽道君恩难报。塞垣乐,尽双鞭锦带,山西年少""刁斗
静,烽火一把"⑩则一再将宋代的战争转成汉代的伐胡之役。文天祥的《满江
红》上阕还是以"天山"事业作为南宋词最悲壮的惊叹号:

酹酒天山,今方许、征鞍少歇。凭铁胁、千磨百炼,丈夫功烈。整顿乾坤
非易事,云开万里歌明月。笑向来、和议总蛙鸣,何关切。⑩

可见南朝边塞诗的"嘶风汗马""楼兰"战役"天山汉将",不但历经初盛中晚
唐,遥及两宋边塞诗,更对以温婉清丽为宗的宋代词学一格,产生了无所不在
的影响。于是,遂使宋代边塞词也受到它的润养。

①《隋书》卷七十六《文学传序》,鼎文版,页一七二九～一七三〇,暨《北史》卷八十三
《文苑传序》,鼎文版,页二七八二。

②笔者近年一系列研究,均针对此而发,除《边塞诗形成于南朝论》一文外,尚有《边塞
诗形成于南朝的原因》,成功大学中文系《魏晋南北朝文学与思想研讨会论文集》,台北文
史哲出版社,一九九一年八月。《南朝边塞诗的类型》,台湾第六届国际比较文学会议论
文,收入中外文学二十卷第七期,一九九一年十二月。

③据郭茂倩《乐府诗集》卷二十一《横吹曲辞一》(台北:里仁书局,一九八一年版),页
三一五。

④《全唐诗》卷三十六,页四七一,明伦出版社。

⑤详参拙作《六朝游侠乐府在文学史的意义》一文。淡江大学第五届中国社会与文化学术研讨会。收入《侠与文化》台北,学生书局,一九九三年五月。

⑥据郭茂倩《乐府诗集》台北里仁书局版,一九八四年九月,页九四八。

⑦同前注,页九四九。

⑧引书同注四,页四七一。

⑨同前注,页五一三。

⑩同前注,页六一一。

⑪同前注,页八四〇。

⑫诗引同注六,页四七七。

⑬同前注,页四七九。

⑭同前注,页四八二。

⑮杨炯《出塞》,同注四,页六一二。

⑯张易之《出塞》,同前注,页八六八。

⑰陈子昂《送别出塞》,同前注,页九〇〇。

⑱王维《陇头吟》,同前注,页一二五六。

⑲阎文系这方面极有见解之力作,发表于《文学遗产》,一九八八年十二月七日出版。与笔者《边塞诗形成于南朝论》会议论文发表仅慢两个月。当时两岸学术信息隔阂更多,居然所见略同,不期而遇。

⑳钟嵘《诗品·序》,据许文雨《文论讲疏》,页一五五~一五六。台北正中书局,一九七六年。

㉑引文据重刻宋淳熙本文选,页二四三。台北艺文印书馆。

㉒这种两极力量对照的矛盾美学以缪文杰《试用原始类型的文学批评方法——论唐代边塞诗》一文解释得最透彻。缪文收入《中外文学古典论丛册二——文学批评与戏剧之部》。台北中外文学月刊社,一九七六年。

㉓据郭茂倩《乐府诗集》台北里仁书局版,一九八四年九月,页四七二。

㉔同前注,页四七三。

㉕顾徐二诗据郭茂倩《乐府诗集》(台北里仁书局,一九八四年九月),页二五三。

㉖同前注。

㉗同前注,页三三五。

㉘杨诗引书同注四,页六一二。

㉙同前注,页五一二。

㉚同前注,页五五六。

㉛同前注,页六六三。

㉜同前注,页七八一。

㉝同前注,页一〇三四。

㉞《杂诗三首之三》,同前注,页一〇三五。

㉟《古意呈补阙乔知之》,同前注,页一〇四三。

㊱王昌龄《从军行》,引书同注二十三,卷三十三《相和歌辞八》,页四八七。

㊲李白《子夜吴歌·秋歌》。引书同注四,页一七一一。

㊳请参洪顺隆:《六朝咏物诗研究》一文,收录于其《六朝诗论》一书里(台北:文津出版社,一九七八年版),页五~五十四。

㊴同注六,页三五二。

㊵同注四,页五一二。

㊶同前注,页一〇三一。

㊷同前注,页八七六。

㊸同注六,页四二六。

㊹详参沈约明君词《乐府诗集》,一九八四年九月,里仁书局,页四三二。

㊺同注四,页五〇七。

㊻同前注,页五〇四。

㊼同前注,页七四二。

㊽李白《王昭君二首之一》,同前注,页一六九一。

㊾李颀《古从军行》,同前注,页一三四八。

㊿关于南朝边塞诗在时间上的投射问题,详参拙著《边塞诗形成于南朝的原因》一文,见注三。

○51参程千帆《论唐人边塞诗中地名的方位、距离及其类似问题》,收入氏著《古诗考索》页六一~八四。上海古籍出版社一九八四年。

○52详参王昌猷、周小立《试论中唐边塞诗》一文,收录于《唐代边塞诗研究论文选粹》,甘肃教育出版社,一九八八年,页二六七~二八一。

○53关于唐代战争的性质及诗人对战争的态度,参肖澄宇《关于唐代边塞诗评价的几个问题》,同前引,页一九至三五。

○54引自《全唐诗》(台北:明伦出版社),页二〇五二~二〇五三。

○55同前引,页三三三六。

○56《夜上受降城闻笛》,引书同注五十四,页三二二九。

○57同前引,页二一九〇。

○58同前引,页一七〇四至一七〇五。

○59同前引,页二六八九。

○60同前引,页一七〇八。

○61同前引,页一二三六。

○62同前引,页四二八四。

○63同前引,页三一五四。

○64《从军行》之五、之六,同前引,页一五二三。

○65同前引,页三七四九至三七五〇。

⑥同前引顺序如下:页二〇三二,二〇八一,二〇五二至二〇五三,二〇五一,二〇九一,二〇二三,二〇五〇。

⑥参许总《唐诗体派论》第八章《高岑体》(台北:文津出版社,一九九四年版),页二七八～三二三。

⑥本表的基础源自元智大学网站所提供的《全唐诗》检索整理而得,并加以核对《全唐诗》原本(台北:明伦出版社)后所制。

⑥据黄麟书编辑《宋代边塞诗钞》(台北:东明文化基金会,一九八九年),页五七～五八。

⑦同前注,页六五。

⑦同前注,页九一。

⑦同前注,页五八。

⑦同前注,页一一一。

⑦据郭茂倩《乐府诗集》卷三十二《相和歌辞七》(台北:里仁书局,一九八一年版),页四七八。

⑦同注六十九,页一二四与页一二六。

⑦同前注,页一五一。

⑦同前注,页一九一。

⑦同前注,页二〇二。

⑦同前注,页二一五。

⑧同前注,页二三四。

⑧同前注,页二四三。

⑧同前注,页三一二。

⑧同前注,页三四〇。

⑧同前注,页三七七。

㉟同前注,页四八九。

㊱同前注。

㊲同前注,页四九〇。

㊳同前注,页五五〇。

㊴同前注,页六一九。

㊵同前注,页七九〇。

㊶同前注,页七七四。

㊷同前注,页八二七。

㊸同前注,页一〇〇六。

㊹同前注,页九一三。

㊺同前注,页九九五。

㊻同前注,页一一一六。

㊼同前注,页一二四〇。

㊽同前注,页一〇〇一。

㊾据唐圭璋编《全宋词》(北京:中华书局,一九九二年版),页一一。

⑩同前注,页二五。

⑩同前注,页三一一。

⑩同前注,页一二四六。

⑩同前注,页一五三八。

⑩同前注,页一九四六。

⑩同前注,页四五三。

⑩同前注,页一九七。

⑩同前注,页三三〇七。

第六章　结语

唐代边塞诗是中国诗史上的一个高峰,不但缔造了诗歌中遒劲刚健的风格,也拓展了中国诗歌的描写领域与意识内涵[①]。但是,边塞诗在唐代能够蔚为大观,绝非一蹴而成、凭空而来,南朝诗人在这方面的努力与成就,是必须加以重视的关键。

本来南朝出现边塞诗的事实也早有少数学者提出看法,但是大部分的学者都忽略了这项重要的关键。主要的原因是,大部分的学者受限于唐初史家"江左宫商发越,河朔词义贞刚"的南北文学二分法,先入为主地认为绮丽柔美的"山水""田园""宫体""咏物"诸体既然源自南朝,则遒劲刚健的"边塞"一体理当隶属北朝。未料,考诸史籍,北朝在庾信、王褒入北之前,竟然少见边塞之作,而南朝却有一百多首边塞之作。

这是一项文学史上极耐人寻味的吊诡问题,为什么盘踞长安、洛阳,据鼎中原的北朝,未能发展出边塞诗,却让远在江南金陵的南朝诗人拔得头筹,经过本文详细的分析探讨,发现:南朝之所以会出现如此成熟的边塞诗系列作品,最主要的原因是南朝诗人在偏安江左之际,时时刻刻不忘中原之志,进而将此挥军中原的宏志,攀附在汉代北伐胡人的历史图腾之中。

　　此一思维模式终于对有唐三百多年的边塞诗人产生了连绵不绝的影响。唐代边塞诗除了有极多作品继续使用南朝乐府古题创作之外,更在时空、人物的使用上,动辄"天山""瀚海""疏勒",忽而"李将军""霍嫖姚",忽而"匈奴"与"单于"。换句话说,唐代边塞诗在基本的架构上,事实上完全继承了南朝边塞诗的传统。

　　宋代诗人也在此一文学传统之下,写作其边塞诗,尤其是南宋诗人,在渡江建都临安之时,又再一次重复了南朝诗人偏安江左建康的处境,结果经过本文的观察,赫然发现,南宋诗人虽然偶或言及江淮战争要塞之外,大部分的边塞之作,仍然弥漫着"天山""瀚海"与"汉将""匈奴"的汉代情结。更有趣的是,南朝边塞诗不但影响了唐、宋六百多年的边塞诗创作风格,居然对宋代边塞词也留下了极鲜明的影响痕迹。可见南朝边塞诗这种围绕着大汉帝国的图腾崇拜,事实上已经成了中国诗人的基本思维模式[2]。

---

　　①有关边塞诗如何拓展中国诗歌的描写领域与意识内涵,请参柯庆明《略论唐人绝句里的异域情调——山林诗与边塞诗》,本文收录于吕正惠编《唐诗论文选集》(台北:长安出版社,一九八五年版),页一一一至一二〇。

　　②关于中国诗人的思维模式,请详参杨儒宾、黄俊杰编《中国古代思维方式探索》(台北:正中书局,一九九六)与许钢《咏史诗与中国泛历史主义》(台北:水牛出版社,一九九七年)两书。以及拙著《南朝文人的"历史想象"与"山水关怀"——论"边塞诗"的"大汉图腾"与"山水诗"的"欣于所遇"》一文(第三届魏晋南北朝文学国际学术研讨会,一九九七年,东海大学)。

参考书目

一

史记　台北：鼎文书局　一九八〇年

汉书　台北：鼎文书局　一九八〇年

后汉书　台北：鼎文书局　一九八〇年

三国志　台北：鼎文书局　一九八〇年

晋书　台北：鼎文书局　一九八〇年

宋书　台北：鼎文书局　一九八〇年

南齐书　台北：鼎文书局　一九八〇年

梁书　台北：鼎文书局　一九八〇年

陈书　台北：鼎文书局　一九八〇年

魏书　台北：鼎文书局　一九八〇年

北齐书　台北：鼎文书局　一九八〇年

北周书　台北:鼎文书局　一九八〇年

南史　台北:鼎文书局　一九八〇年

北史　台北:鼎文书局　一九八〇年

隋书　台北:鼎文书局　一九八〇年

旧唐书　台北:鼎文书局　一九八〇年

新唐书　台北:鼎文书局　一九八〇年

宋史　台北:鼎文书局　一九八〇年

资治通鉴　台北:世界书局　一九七二年

通志　郑樵　台湾台北商务印书馆景印文渊合四库全书　三七二至三八一册　一九八六年

汉纪　台湾台北商务印书馆国学基本丛书

唐六典　张九龄等　同前·五九五册

唐会要　王溥　台北:世界书局　一九八五年

隋唐史　岑仲勉　坊间本

两晋南北朝史　吕思勉　台北:开明书局　一九七七年

魏晋南北朝史　王仲荣　台北:仲信出版社　一九八二年

二

汉魏六朝百三名家集　张溥　台北:文津出版社　一九七八年

先秦汉魏南北朝诗　逯钦立　台北:木铎出版社　一九八三年

全汉三国晋南北朝诗　丁福保　台北:世界书局　一九六九年

全上古三代秦汉三国六朝文　严可均　北京:中华书局　一九八四年

全唐诗　台北:明伦书局　一九七一年

宋代边塞诗钞　黄麟书　台北:东明文化基金会　一九八九年

全宋词　唐圭璋　北京:中华书局　一九九二年版

乐府诗集　郭茂倩　台北:里仁书局　一九八一年

世说新语笺疏　余嘉锡　台北:仁爱书局　一九八四年

金楼子校注　许德平　台北:嘉新水泥文化基金会　一九六九年

颜氏家训集解　王利器　台北:汉京文化　一九八三年

洛阳伽蓝记校笺　杨勇　台北:正文书局　一九八二年

文心雕龙注释　周振甫　台北:里仁书局　一九九四年

增补六臣注文选　台北:汉京文化　一九八三年

谢宣城集校注　洪顺隆　台北:中华书局　一九六九年

何逊集校注　李伯齐　山东齐鲁书社　一九八九年

三辅黄图　台北:世界书局　一九八四年

文论讲疏　许文雨　台北:正中书局　一九七六年

李白集校注　翟蜕园　台北:里仁书局　一九八一年

唐代边塞诗注　系全民　大陆黄山书社　一九九二年

续历代诗话　丁仲祜　台北:艺文印书馆　一九七四年

诗品注　汪中　台北:正中书局　一九九〇年

遗山论诗铨证　王礼卿　台北:中华丛书　一九七六年四月

白氏长庆集　白居易　台北:艺文印书馆　一九八一年

韩非子集释　杨家骆主编　台北:世界书局　一九九一年

三

中国文学史　叶庆炳　台北:学生书局　一九八二年

中国文学史　游国恩　高雄:复文书局

中国文学发展史　刘大杰　台北:华正书局　一九八〇年

插图本中国文学史　郑振铎　坊间本

中国文学批评史　郭绍虞　台北:明伦出版社　一九七二年

从平城到洛阳　逯耀东　台北:联经出版公司　一九八一年

魏晋南北朝史诠拾遗　唐长孺　坊间本

六朝诗论　洪顺隆　台北:文津出版社　一九七八年

长城研究资料两种　王国良　台北:明文书局　一九八二年

边塞研究　黄麟书　香港:造阳文学社　一九七九年

古代北西中国　姚大中　台北:三民书局　一九八一年

中国历史地理　王恢　台北:学生书局　一九七九年

两晋南北朝士族政治研究　毛汉光　台北:中国学术著作奖励委员会一九六六年

乐府诗论丛　王运熙　上海:中华书局　一九六六年

汉唐史论集　傅乐成　台北:联经出版有限公司　一九八一年

唐代战争诗研究　洪赞　台北:文史哲出版社　一九八七年

古诗考索　上海:上海古籍出版社　一九八四年

总是玉关情——唐代边塞诗初探　何寄澎　台北:联经出版公司　一九七八年

汉魏六朝乐府研究　陈义成　台北:嘉新水泥文化基金会出版　一九七六年

古典文学论探索　王梦鸥　台北:正中书局　一九八四年

六朝的城市与社会　刘淑芬　台北:学生书局　一九九二年

由隐逸到宫体　洪顺隆　台北:河洛图书出版社　一九八〇年

风骚与艳情　康正果　台北:云龙出版社　一九九一年

侠与文化　台北:学生书局　一九九三年

唐诗体派论　许总　台北:文津出版社　一九九四年

唐代边塞诗研究论文选粹　兰州:甘肃教育出版社　一九八八年

中国中古诗歌史　王钟陵　南京:江苏教育出版社　一九八八年

南朝文学た现われた自然と自然观　小尾部一　日本:岩波书店　一九六二年

四

《唐代边塞诗评价的几个问题》,萧澄宇,《唐代边塞诗论文选粹》,兰州:甘肃教育出版社,页十九至三五。

《边塞诗之涵义与唐代边塞诗的繁荣》,胡大浚。本文收录于《唐代边塞诗研究论文选粹》,兰州甘肃教育出版社,一九九八年,页三六至五二。

《梁陈边塞诗小论》,刘汉初。收录于《魏晋南北朝文学论集》,台北:文史哲出版社,一九九四年,页六九至八二。

《南北文学不同论》,刘师培,发表于《国粹学报》第九期,光绪三十一年。收录于许文雨编《文论讲疏》,台北:正中书局,一九七六年。

《唐代政治史述论稿上篇·统治阶级之氏族及其升降》,陈寅恪。收录于

《陈寅恪先生论文集》,页一五三至二〇〇,台北:九思出版社,一九七七年。

《清乐考略》,王运熙,收入氏著《乐府诗论丛》,北平:中华书局,一九六二年。

《梁陈边塞乐府论》,阎采平,载于《文学遗产》第六册,北平:中国社科院文学研究所,一九八八年十二月。

《唐诗的语意研究:隐喻与典故》,梅祖麟、高友工,台北:《中外文学》第四卷第七期(一九七五年,十二月),页一二。

《中国地方行政制度史·乙部·卷上·魏晋南北朝地方行政制度》,严耕望。台北:中央研究院史语所专刊之四十五B,一九六三年,页一至八五。

《荆州与六朝政局》,傅乐成,《汉唐史论集》(台北:联经出版公司,一九八一年),页九三至一一五。

《论宫体诗》,商伟,见《北京大学学报》第一〇四期,一九八四年七月。

《试用原始类型的文学批评方法——论唐代边塞》,收入《中外古典文学论丛——册二文学批评与戏剧之部》(台北:中外文学月刊社,一九七六年)。

《汉晋诗歌中"思妇文本"的形成及其相关问题》,梅家玲,台中:东海大学·妇女文学会议论文,一九九五年十二月。

《梁陈边塞乐府论》,阎采平,《文学遗产》第六期(北京:中国社科院文学研究所,一九八八年,十二月)。

《中国通俗小说戏剧中的传统英雄人物》,罗伯特·鲁尔曼著,朱志泰译。收于香港中文大学出版《英美学人论中国古典文学》。

《论唐代的古题乐府》,商伟,《文学遗产》,一九八七年第二期。北京,中国社会科学院文学研究。

《历代昭君诗歌在主题上的转变》一文,邱燮友。收录于陈鹏翔《主题学研究论文集》(台北:东大图书公司,一九八三年)。

《试用原始类型的文学批评方法——论唐代边塞诗》,缪文杰。收录于《中外文学古典论丛册二——文学批评与戏剧之部》。台北:中外文学月刊社,一九七六年。

《论唐人边塞诗中地名的方位、距离及其类似问题》,程千帆,收入氏著《古诗考索》页六一至八四。上海古籍出版社,一九八四年。

《试论中唐边塞诗》一文,王昌猷、周小立,收录于《唐代边塞诗研究论文选粹》,甘肃教育出版社,一九八八年,页二六七至二八一。

《关于唐代边塞诗评价的几个问题》,萧澄宇。收录于《唐代边塞诗研究论文选粹》,甘肃教育出版社,一九八八年,页一九至三五。

《南朝之北士地位》,余逊,收录于《辅仁大学学志》十二卷一、二合期

《唐初南北学人论学之异趣及其影响》,牟润孙,香港中文大学中国文化研究所集册第一卷,一九六九年九月。

五

荆雍地带与南朝诗歌关系之研究　王文进　台北:台湾大学中文研究所博士论文　一九八七年

梁末羁北文士研究　沈冬青　台北:台湾大学中文研究所硕士论文　一九八六年

萧统兄弟的文学集团　刘汉初　台北:台湾大学中研昕一九七五年硕士论文

南朝贵游文学集团研究　吕光华　台北:政治大学中研所一九九〇年博士论文

汉魏怨诗研究　高莉芬　台北:政治大学中研所硕士论文　一九八八年

游侠诗立类之基础　王子彦　台北:淡江大毕中研所硕士论文　一九九五年

六、本文作者近年来发表之相关论著

《边塞诗形成于南朝论——兼论文学史上南北朝诗风交融之说》,第九届"古典文学会议"论文,台北:中国古典文学会主办,一九八八年十月。

《边塞诗形成于南朝的原因》,第一届"魏晋南北朝文学与思想学术研讨会",成功大学主办,一九九一年四月。

《南朝边塞诗的类型》,第六届"国际比较文学会议"论文。后此文转载于台北:《中外文学》第二十卷第七期。

《初唐边塞诗中的南朝体——南朝边塞诗对唐人边塞影响的初步观察》,"六朝隋唐文学研讨会"论文,中正大学主办,一九九四年四月。

《南朝"边塞诗"中的"闺怨"与"征怨"》,第三届"中国诗学会议论文集",彰化师范大学主办,一九九六年五月。

《南朝边塞诗中的时空思维问题》,第三届"魏晋南北朝文学与思想学术研讨会",成功大学主办,一九九六年四月。

《州府双轨制对南朝文学的影响——以荆雍地带为主的观察》,第十一届中国古典文学会议论文。(台北:学生书局一九九〇年十月出版)

《南朝文人的"历史想象"与"山水关怀"——论"边塞诗"的"大汉图腾"与"山水诗"的"欣于所遇"》,第三届"魏晋南北朝文学国际学术研讨会",台中:东海大学中国文学系与中国古典文学研究会主办,一九九七年十月。

（附录）

南朝文人的"历史想象"与"山水关怀"

——论"边塞诗"的"大汉图腾"与"山水诗"的"欣于所遇"

一

东晋自南迁渡江，立都建康以来，一般士人面对时空变迁，大都呈现出两种基本的思维格局。一种是时刻以回师中原为念，虽然面对江南美景，却时时不忘神州之思，一如《世说新语》所描述：

> 过江诸人，每至美日，辄相邀新亭，藉卉饮宴。周侯中坐而叹曰："风景不殊，正自有山河之异！"皆相视流泪。唯王丞相愀然变色曰："当共勠力王室，克复神州，何至作楚囚相对？"①

另外一种则是惊叹于吴会江山，释怀于当前佳色，而思"窥情风景之上"的美感自足②，《世说新语》也用极巧妙的文字，铺写士人这种神驰于山水的心境：

王子敬云:"从山阴道上行,山川自相映发,使人应接不暇。若秋冬之际,尤难为怀"③。

相应于"克复神州"最鲜明的例子是桓温的三次北伐中原④,尤其第三次自江陵北伐,收复北土之后,立刻有还都之议。《请还都洛阳疏》中,即充分流露当时以故都为号召的舆论:

若乃海运既徙,而鹏翼不举。永结根于南垂,废神州于龙漠,令五尺之童,掩口而叹息。

夫先王经始,玄圣宅心,画为九州,制为九服,贵中区而内诸夏,诸以晷度自中,霜露惟均,冠冕万国,朝宗四海故也⑤。

另外在《辞参朝政疏》一文中,也再度反映出誓师中原的远志:

(臣)愿奋臂投身,造事中原者,实耻帝道皇居,仄陋于东南,痛神州桑梓,遂埋于戎狄⑥。

显然这种对旧都中原的依恋,事实上已成了东晋以来士人根深蒂固的信仰。东晋后期的刘裕一度攻入洛阳时,也同样有谒陵思远的仪举。傅亮《为宋公至洛阳谒五陵表》云:

臣裕言:近振旅河湄,扬旆西迈。将届旧京,感怀司雍⑦。

但是并非所有南朝人士皆一味迷恋于北上而无视于经营已久、渐次生根的江南新城。像孙绰就对桓温的移都之议,以理力辩,曰:

> 自丧乱已来六十余,苍生殄灭,百不遗一,河洛丘墟,函夏萧条,井烟木刊,阡陌夷灭,王理茫茫,永无依归。播流江表,已经数世,存者长子老孙,亡者丘珑成行。虽北风之思感其素心,日前之哀实为交切[8]。

显然孙绰的说法,也相当程度地反映了南朝士人对时空的另一项思维。上疏原委虽然是政治性的,但若当社会文化的文献来看待,也可以看出孙绰对"播流江表,已经数世"的正视与珍爱。孙绰此疏既然系针对桓温《请还都洛阳疏》而发,考其年代当在隆和初,西元三六二年。结果时隔二十三年后的太元九年,西元三八四年,孙绰进一步就在会稽参加千古佳话的"兰亭"会。王羲之的"兰亭序",就是在南方佳山丽水的环顾赏玩之际,萌发出对当时、当地的无限流连眷爱之情:

> 群贤毕至,少长咸集。此地有崇山峻岭,茂林修竹。又有清流激湍,映带左右[9]。

写其群贤盛会,俯看山水的兴况。

> 是日也,天朗气清,惠风和畅。仰观宇宙之大,俯察品类之盛。所以游目骋怀,足以极视听之娱[10]。

既能"游目骋怀"显然不再时时刻刻受制于历史的负荷。转而敞开胸怀仰观宇宙,俯察品类。这当中当然回荡着由玄学而来的"澄怀观象"的哲学态度。也正因为如此,兰亭诸贤无意中反映了南朝士人极重要的另一种人生价值取向:

> 虽趣舍万殊,静躁不同。当其欣于所遇,暂得于己,快然自足,曾不知老之将至。

就是"欣于所遇"四个字使南朝士人在面对眼前真切闪耀的山水时[⑪],浑然跳出历史抽象时空的羁绊,转而紧紧掌握赏叹可触、可感、可欣的"所见"之景。

可见南朝士人由于时空特殊的错综境遇,普遍存在着这两种性质相反的思维方向。严格说来,这种现象并无所谓对或错的问题,但却是一项有探讨价值的问题。

当然,任何一个时代都会或多或少并存着"历史想象"与"现实关切"的两种思维方式,只是南朝士人在这方面的纠结更为复杂,并且发展出两种重要类型的诗歌,微妙吊诡地呈现出南朝士人此一特殊的心灵结构。一种是利用"边塞诗"来驰骋其对中原北地的历史感怀,另外一种则是利用"山水诗"的"巧言切状"来雕绘环抱脚跟前的吴楚江山[⑫]。

二

南朝边塞诗有一项极重要的精神,那就是绝大部分的作品都是定位在汉代伐胡的时间轴线上,相对地牵带出以汉代长安为重镇而推演出去的边塞沙场,以及汉代君王边将的征战事迹。

《南齐书·王融传》有一段极耐人寻味的记载,流露出南朝士人心中根深蒂固的大汉图腾:

永明末,世祖欲北伐。使毛惠秀画"汉武北伐图",使融掌其事⑬。

东晋自元帝建武元年(西元三一七)至宋齐永明之纪,已有一百八十年上下,齐武帝依然以汉武事业为己志。南朝对汉代历史景仰之情可见一般。王融针对此事,也顺其思路语脉上疏曰:

臣乞执戈先迈,式道中原,澄瀚渚之恒流,扫狼山之积雾,系单于之颈,屈左贤之膝⑭。

南齐当时面对的北方之敌系统一中原后的拓拔魏,但是王融遣词用意,俨然还是汉家北伐的神采。

更耐人寻味的是到了萧梁时期的梁元帝,当其在担任丹阳尹环视建康四周地理形势之际,居然仍旧沉陷在汉代历史的制约之中:

东以赤山为成皋,南以长淮为伊洛。北以钟山为芒阜,西以大江为黄河,既变淮海为神州,亦即丹阳为京尹⑮。

若按照《梁书》所载加以推算,萧绎任丹阳尹系在普通七年(西元五二六)左右⑯,距离东晋渡江已有两百多年,却丝毫未改变这种动辄将南朝建康形势比

附成长安山河的思维。梁末王僧辩挥兵建康平定侯景之乱后,在其奉表梁元帝一文中,也是始终无法脱身汉家宫室:

旧郊既复,函洛已平。高奴、橡阳、宫馆虽毁,浊河清渭,佳气犹存[17]。

明明平乱之役是在建康城,但是王僧辩征引汉代典故如此滑顺,实在不只是修辞学的问题而是基本思维的习惯制约。

就是在这样的心灵催迫之下,南朝诗人于是以一百多首"边塞诗"来抒发此一绵延数百年的汉家中原之思[18]。

南朝边塞诗最具体的一项特色,一如上文所述,普遍以距离江南万里之遥的"长安"为据点,展开其驰骋大漠的出塞征战[19]。如:

陇树枯无色,沙草不常青。勒石燕然道,凯归长安亭。(孔稚珪·白马篇,页一四〇八)

长驱入右地,轻举出楼兰。直去已垂涕,宁可望长安。(沈约·白马篇,页一六一九)

月晕抱龙城,星流照马邑。长安路远书不还,宁知征人独伫立。(梁简文帝萧纲·陇西行三首之一,页一九〇五)

戍久风尘色,勋多意气豪。建章楼阁回,长安陵树高。(王褒·入塞,页二三三二)

"长安"是汉代文治武功的象征,建康金陵才是南朝都城所在,但是南朝边塞诗却都是兵发长安,未见金陵丝毫风沙。环绕着汉代历史古都的长安,当然就会推演出"长城""边塞"与塞上的战气：

> 蓟门秋气清，飞将出长城。绝漠冲风急，交河夜月明。（刘峻·出塞，页
> 一七五八）
>
> 拥旄为汉将，汗马出长城。长城地势险，万里与云平。（虞羲·咏霍将军
> 伐北诗，页一六〇七）
>
> 阴山日不暮，长城风自凄。弓寒折锦鞯，马冻滑斜蹄。（戴皓·从军行，
> 页二〇九八）
>
> 长城飞雪下，边关地籁吟。蒙蒙九天暗，霏霏千里深。（陈后主·雨雪
> 曲）

这种勒马长城、边关风急的姿采，一如南齐孔稚珪在纵论北魏犯边对策时的
口吻：

> 匈奴为患，自古而然，虽三代智勇，两汉权奇，策略之要，二涂而已。一则
> 铁马风驰，奋威沙漠，二则轻车出使，通驿虏廷[20]。

对于偏安江南的士人而言，挟恃历史的羽翼，奔驰昔日奋威沙漠的回忆，的确
是一件难以忘怀的美梦。

环绕着长城重镇，其他边关要塞的地名，于是一一扑面而来：

（一）西北关要的"阴山""玉门""祁连"

> 从军出陇北，长望阴山云。（江淹·古意报功曹诗，页一五六二）

阴山日不暮,长城风自凄。(戴皓·从军行,页二〇九八)

危乱悉平荡,万里置关梁。成军入玉门,士女献壶浆。(鲍照·建除诗,页一三〇〇)

黑云藏赵树,黄尘埋陇根。天子羽书旁,将军在玉门。(吴均·战城南·三首之三,页一七二〇)

将军之朔边,刁斗出祁连。高柳横遥塞,长榆接远天。(张正见·星名从军诗,页二四九〇)

星旗映疏勒,云阵上祁连。战气今如此,从军复几年。(徐陵·关山月二首之一,页二五二五)

(二)西域烽火的"天山""楼兰""轮台""交河""疏勒"

忽值胡关静,匈奴遂两分。天山已半出,龙城无片云。(吴均·战城南,页一七二〇)

杂雨冻旗竿,沙漠飞桓暗。天山积转寒,无因辞日逐。(张正见·雨雪曲,页二四七九)

长驱入右地,轻举出楼兰。(沈约·白马篇,页一六一九)

召兵出细柳,转战向楼兰。(徐悱·白马篇,页一七七〇)

前年出右地,今岁讨轮台。鱼云望旗聚,龙沙随阵开。(梁简文帝萧纲·从军行二首之一,页一九〇四)

萧条落野树,幽咽响流泉。瀚海波将息,交河冰未坚。(顾野王·陇头水,页二四六八)

杂虏寇铜匙,征役去三齐。抉山翦疏勒,榜海扫沈黎。(吴均·古意诗二

首之一,页一七四七)

(三)东北塞上的"雁门""蓟北""玄菟"

箭街雁门石,气振武安亘。(吴均·边城将诗四首之二,页一七三八)

蓟北驰胡骑,城南接短兵。(张正见·战城南,页二四七六)

黄龙戍北花如锦,玄菟城前月似蛾。(梁元帝萧绎·燕歌行,页二○三五)

相对应这一连串汉家的伐胡版图,当然会有汉家拥旄挥师其间:

骢子蹋且鸣,铁阵与云平。汉家嫖姚将,驰突匈奴庭。(孔稚珪·白马篇,页一四○八)

云中亭障羽檄惊,甘泉烽火通夜明。贰师将军新筑营,嫖姚校尉初出征。(梁简文帝萧纲·从军行二首之二,页一九○四)

天山已半出,龙城无片云。汉世平如此,何用李将军。(吴均·战城南三首之三)

由以上引述的作品可以显著看出:南朝边塞诗中所描写的人、事、情、景完全无涉于南朝诗人的现实境况。诗中的时、空事实上是以汉代伐胡的时间为轴线,进而推演出长城大漠、塞外胡笳的征战之叹。本质上是南朝士人渡江以来对中原历史的悬念及对大汉声威情感的投射。虽然这一类作品无法反映南朝士人与现实世界的关连,但是却在文学中建构出另外一个精神世界。更由于其世界本质地挟带着汉代帝国的慷慨意气,于是在南朝诗歌一片柔丽的氛围之中,独树遒劲刚健一格。唐代边塞诗的格局,事实上就是在这一系列的作品中奠立其规模和典范[21]。

三

当然,过江诸人并非全数笼罩在历史的巨影之中,完全成为大汉记忆的俘虏,更多的诗人在接触到江南土地之后,立刻为眼前山水所深深吸引。"山水诗"的出现,事实上就是代表着南朝诗人摆脱历史制约,纵身四周具体处境的象征。透过"山水诗"的写作,诗人的心灵也得以开展转换出另外一种感性去刻印脚下历历在目的景物。《文心雕龙·物色篇》即云:

> 自近代以来,文贵形似,窥情风景之上,钻貌草木之中。

历来文论家大都能扣紧"形似"对南朝"山水诗"中修辞学上的意义进行评论。但是这种"窥情""钻貌"的意志对象若是和南朝一系列以遥想中原汉世的边塞诗并置在一起加以讨论时,其价值与定位立刻会浮现出极具新意的角度。"山水诗"在时代精神上竟然如此微妙地蕴含王羲之"欣于所遇"的具足感。

其实"山水诗"的归类并不始自南朝。在《文选》一书中可以见到"游仙""咏史""咏怀""招隐"等重要诗类,就是独独未见"山水"的名目[22]。但这并非表示《文选》未曾掌握到"山水诗"在当时发展的概况。真正的奥义是:《文选》将诸多山水佳作分别归置于"游览""行旅"二类之中[23]。

此一分类的精神正好吻合了"山水诗"何以成为南朝士人与江南山水"镵貌""寄情"的原因。

"边塞诗"的题目绝大部分是用乐府古题,如"白马篇""从军行""陇西行""出塞""入塞""燕歌行""骢马躯"等,本质上就带有浓厚拟古咏史的成分。但是"游览""行旅"则是不拘旧题,笔意自然顺势和所游、所行之处相互呼应,随景运转。像《文选》的"游览"之作就有魏文帝的"芙蓉池作",谢叔源的"游西池",谢灵运的"晚出西射堂""登池上楼""游南亭""游赤石进帆海""石壁精舍还湖中作""登石门最高顶""于南山往北山经湖中瞻眺""从斤竹涧越岭溪行",颜延年的"车驾幸京口三月三日侍游曲阿后湖作",谢玄晖的"游东田",江文通的"从冠军建平王登庐山香炉峰",沈休文的"宿东园"等,这些诗题虽然并非全然是作者自订,而系后人所标,但却可依此概括内容大要。由以上诗题所示,可以清楚看到"西池""西射堂""赤石""石门""曲阿""庐山"这些具体的地名。

至于"行旅"类的作品,更是南朝诗人和江南土地体切相接的记录。"行旅"的作品大都是诗人在仕途赴任述职或返乡途中即景抒怀之作。这种仕宦的体制使得南朝诗人有更多的机缘得以身临各处体证山川之美。相对的,江南胜景也因此有幸获得诗人品题。人文与自然的相互感发映照,何以肇源于南朝,其奥义关键大都由此而来。试看《文选》中"行旅"类的名目,几乎就是一片江南风景:陶渊明"始作镇军参军经曲阿作""辛丑岁七月赴假还江陵夜行涂口",鲍参军"还都道中",谢灵运"初发都""过始宁墅""富春渚""七里濑""初发石首城""入彭蠡湖田""入华子岗是麻源第三谷",谢玄晖"之宣城出新林浦何版桥""晚登三山望京邑""京路夜发",江文通"望荆山",丘希范"旦发渔浦潭",沈休文"早发定山""新安江山至清浅深见底贻京邑游好"等,都是南朝诗人以宦游的方式在空间留下足迹的标志。

如果说"游览"诗的性质比较倾向于表现心灵的澄静与出游步调的从容不迫,则"行旅"诗相对之下在心境上就多了些折腾,尤其"行旅"之作既然大都描写赴任他乡,兼程赶路的奔波,所以在时空变换的描写上,节奏必然比"游览"之作来得快,个中更时常出现千里行舟,惊流急湍的景象。像《文选》所录谢灵运的作品[24]:

潮流触惊急,临圻阻参错。(富春渚)

孤客伤逝湍,徒旅苦奔峭。(七里濑)

洲岛骤回合,圻岸屡崩奔。(入彭蠡口)

其他如江淹"渡泉峤山诸山之顶诗"的"万壑共驰骛,百谷争往来"[25],何逊"渡连圻二首一"的"祴流回洄斜,激濑视奔腾"[26]。不断以"惊""湍""骤""奔"的动作来追摹行旅山水的动感。尤其鲍照"还都道中"一诗中更有许多令人叹赞的意境:

昨夜宿南陵,今旦入庐州。客行惜日月,崩波不可流。

夜宿南陵,旦入庐州,言其兼程赶路之苦。客子飘泊天涯,愈觉岁月流逝匆匆之苦。眼见年华若江波之高高涌起,又若江波逐次之崩碎。"崩波"二字事实上就是南朝诗人在水中证悟出来的新感性。

当然行旅时也并非全数均染就如此奔腾激越的色调。有少数的行旅诗也能刻画悠然自得,从容不迫的神韵。像沈约的"早发定山"写来就丝毫未见

风尘倦容:

> 夙龄爱远壑,晚莅见奇山。标峰彩虹外,还岭白云间。倾壁忽斜竖,绝顶
> 复孤员。归海流漫漫,出浦水浅浅。野棠开未落,山樱发欲燃。忘归属
> 兰杜,怀绿寄芳荃。眷言采三秀,徘徊望九仙。

开篇言其早年就性爱远山,今日得此因缘攀登这座不平凡的山峰。对眼前之
景"欣于所遇"之情溢于言表。"标峰彩虹外,置岭白云间",着一"标"与"置"
字使得"峰""岭"转眼成为一掬言可捧的亲切之物。尤其"野棠开未落,山樱
花欲燃",更是杜甫"江碧鸟逾白,山青花欲燃"千古名句之所由,写花之红艳,
却由红之色感旁及火之触感,是典型南朝新感性的写法。

　　可见:由于"游览"与"行旅"的行踪所至,使南朝诗人由历史的耽想之中
跳跃出来,进而以当下生命的感觉去与新景物相应开发新感性。这种崭新的
世界观与美学观,钟嵘《诗品》在评"谢灵运"诗时,正好点出其名目:

> 嵘谓若人兴多才高,寓目辄书,内无乏思,外无遗物……㉗

所谓"寓目辄书"、所谓"外无遗物",事实上就是以物色形象为主的艺术活
动,欲求眼目所见,纤毫毕现。关于文字的功能是否能达到这项要求,是艺术
媒介属物的问题㉘,但是南朝这种文学写作的倾向,则明显地暗示着文学创作
另一项思潮的发展。

　　南朝这种"寓目写物",对山水景物的向往,当然也不完全出于谢灵运、谢
玄晖、沈约。早期王羲之除了在《兰亭序》揭示那"欣于所遇"的奥义之外,更

在"兰亭诗"中亲自写出与山水极和谐的对话：

> 仰望碧天际，俯瞰绿水滨。寥朗无涯观，寓目理自陈。大矣造化功，万殊
>
> 莫不均。群籁虽参差，适我无非新[29]。

仰望碧天，俯瞰绿水。非但对万物有"欣于所遇"的酣意，进一步地还觉知到所有照会过的景物都是一崭新的生命经验。——"适我无非新"《水经注》卷三十四亦引有一段袁山松的山水宣言：

> 常闻峡中水疾，书记及口传悉以临惧相戒，曾无称有山水之美也。及余
>
> 来践跻此境，既至欣然，始信耳闻之不如亲见矣。

袁山松此处的"即至欣然"和王羲之的"欣于所遇"以及谢灵运的"寓目写物"的确可以相互辉映，巧妙地反映出南朝士人和土地乍然相识相知的亢奋。

承续着这种"欣于所遇"的满足感，南朝诗人在文学上的冲动就是设法将寓目所见"外无遗物"地刻画起来。"形式之美"的美学要求就是因此应势而来。所以《文心雕龙》尝云：

> 自近代以来，文贵形似，窥情风景之上，钻貌草木之中。

又云：

> 故巧言切状，如印之印泥，不加雕削，而曲写毫芥，故能瞻言而见貌，即字

而知时也[30]。

可见当时南朝士人的心灵一方面沉醉在历史的万里长城与大漠风沙之中,另一方面的眼神则正在惊艳般想紧紧印制迎面而来的风景。"巧言切状,如印之印泥"是一种和眼前山水激切、交糅的渴望之词。前文所引《文心雕龙·明诗篇》所云,更可以看出"形似"和"山水诗"之间的依序关系:

> 宋初文咏,体有因革,庄老告退,而山水方滋。俪采百字之偶,争价一句之奇,情必极貌以写物,辞必穷力而追新,此近世之所竞也[31]。

虽然"庄老告退,而山水方滋"过度简化庄老玄学和山水诗之间的关系[32],但是对于"山水诗"和"极貌写物"的关系,则极为明确。其实钟嵘《诗品》在提出谢灵运"寓目辄书""外无遗物"之前,就已经先点明其"杂有景阳之体,故尚巧似",当然谢灵运山水诗的重要精神与骨架必然不脱"巧言切状,如印之印泥"。其他如论张景阳、颜延之、鲍参军均掌握其与"形似"之间的关系[33],其中除鲍参军兼或偶用"形式"手法神摹边塞景物之外,张景阳、颜延之的"形似"也全部和山水写物的关系密不可分。

宏观地看来:南朝诗人透过"游览"和"行旅"的足迹,一一践履江南斯上斯境,在令人应接不暇的崇山峻岭、清流激湍之前,终于使其在另外一个心域中放下悬搁未决的历史图,借由"巧言切状""印之印泥"的密附仪式,融入江南山水文化体系之中。

四

南朝文学之所以如此眩丽灿烂,本质上是建立在其宽容与多样化的展幅中。分崩的中央政统与解体的学术权威,使得知识分子个人的心灵得以自由跃动㉞。就是在这种辽阔丰腴的思想舞台上,南朝诗歌得到充分发展的机会。既有因为历史图腾凝肃而成的边塞诗,挥舞着刚健遒劲的塞笳汉旗,又有因着眷恋江南山河描摹而成的山水诗辉映着波光潋艳。也就是这种众流汇聚,兼容并存的文学生命力,才能遥遥开启众体皆备的唐代文学盛世㉟。

---

①引文录自《世说新语·言语》第三十一则。余嘉锡《世说新语笺疏奉》(台北:仁爱书局,1984 年),页 92。

②语出《文心雕龙·物色篇》。周振甫《文心雕龙注释本》(台北:里仁书局,1984 年),页 846。

③同注①,页 145。

④桓温北伐事见《晋书·桓温传》二十四史点校本。(台北:鼎文书局,1980 年),页 2568～2575。

⑤引文同前注,页 2573。

⑥同前注,页 2575。

⑦引文据《全上古三代秦汉三国六朝文》(大陆:中华书局,1969 年),总页 2577。

⑧见《晋书·孙绰传》,二十四史点校本。(台北:鼎文书局,1980 年),页 1545。

⑨同注⑦,页 1609。

⑩同前注。

⑪对于"欣于所遇"四字最先提出讨论者为葛晓音。葛氏著《山水田园诗派研究》,第

一章"山水田园诗溯源"(大陆:辽宁大学出版社,1993 年),页 23。

⑫"巧言切状",语出《文心雕龙·物色篇》同注②。

⑬据《南齐书·王融传》,二十四史点校本(台北:鼎文书局,1980 年),页 280。

⑭同前注,页 821。

⑮引文见萧绎《丹阳尹传序》据同注⑦,页 3050。

⑯《梁书·元帝本纪》云:"初为辽宁远将军,会稽太守,入为侍中,宣威将军,丹阳尹。普通七年,出为使持节,都督荆湘……"版本同注⑬,页 113。

⑰同前注,页 127。

⑱南朝边塞诗,据笔者统计约一百五十首。详见拙著《边塞诗形成于南朝的原因》,《魏晋南北朝文学与思想研讨会论文集》,成功大学主办(台北:文史哲出版社,1991 年),页 67~70。

⑲以下引诗据逯钦立《先秦汉魏晋南北朝诗》(台北:木铎出版社,1983 年)。

⑳据《南齐书·孔稚珪传》,版本同注⑰,页 838。

㉑笔者近年一系列探讨此项问题。详参拙著《边塞诗形成于南朝论》,《第九届古典文学会议论文集》(台北:学生书局,1988 年)。《初唐边塞诗中的南朝体》,《六朝隋唐文学研讨会论文集》(台北:中正大学出版,1994 年)。

㉒《文选》将诗类分为二十三,计有"补亡、述德、劝励、献诗、公讌、祖饯、咏史、百一、游仙、招隐、反招隐、游览、咏怀、哀伤、赠答、行旅、军戎、郊庙、乐府、挽歌、杂歌、杂诗、杂拟"。并未有"山水"一类。

㉓关于"游览"与"行旅"之差别,详参拙著《谢灵运诗中"游览"与"行旅"之区分》一文。《第二届魏晋南北朝文学与思想学术研讨会》论文集。成功大学中文系主办。

㉔以下引诗未加注者皆据《文选》(台北:五南出版社校注本)。

㉕见逯书,页 1559。

㉖同前注,页 1689。

㉗引文据汪师雨盦《诗品注》(台北:正中书局,1969年),页112。此一观点郑毓瑜有极精辟之见解。详氏著"观看与存有"收入《六朝情境美学》(台北:学生书局,1996年)。

㉘详参拙著《论六朝诗中巧构形似之言》《师范大学国文研究所集刊第二十三号》(台北:师范大学国文研究所出版,1979年)。

㉙据逯书,页895。

㉚同注②。

㉛引文据《文心雕龙·明诗篇》,版本同注②,页85。

㉜详参林师文月《中国山水诗的特质》一文。收入《山水与古典》(台北:三民书局,1996年)。

㉝《诗品》云:"晋黄门郎张协,其原出于王粲。文体省净,少病累,又巧构形似之言。"又云:"宋光禄大夫颜延之。其原出于陆机,尚巧似。"又云:"宋参军鲍照,其原出于二张,善制形状写物之词。"版本据同注㉘。

㉞参王钟陵《中国中古诗歌史》,第三编,第二章《真实与形似》尝云:"在这种美学趣味的形成中,有着历史变动的深剧投影。天下分崩,王权衰落,恢宏雄润的大一统政治局面早已在别梦依稀中成为了过去……"部分文字和本文论点可以相互呼应(大陆:江苏教育出版社,1988年)页102。

㉟详参拙著《初唐边塞诗中的南朝体》,同注㉑。